KB022132

이윤기의
그리스 로마
영웅 열전

2

이윤기의
그리스 로마
영웅 열전

2

민음사

일러두기

1. 맞춤법과 띄어쓰기는 한글 맞춤법과 외래어 표기법에 따랐다.
2. 단 희랍어 고유 명사 표기의 경우. 희랍어의 윕실론(υ)에 해당하는 그리어의 y는 'ㅟ'로 적었다.
   예: 디오니소스(Dionysos, Διόνυσος)→디오뉘소스

차 례

오래된 미래
페리클레스

아테나이의 전성기를 이룩한 정치가

 '페리클레스 시대의 아테나이'라는 말은 '전성시대 아테나이'라는 뜻이다. 그 이름을 관형사로 써먹을 수 있는 정치가들이 많았으니 아테나이 사람들은 좋았겠다. 플라톤으로부터 "아테나이를 열주(列柱)와 재물과 허섭스레기로 가득 채운 사람"으로 혹평을 받기는 했어도 페리클레스는 아테나이의 민주주의를 꽃피우고 도시 국가 아테나이를 아름다운 건축물로 채운 정치가이다. 그 민주주의와 아름다운 파르테논 신전이 지금 아테나이만의 것인가? 민주주의는 우리가 아직도 다 피우지 못한 정치의 꽃, 파르테논 신전은 세계가 지켜야 할 유산으로 유네스코가 첫손가락으로 꼽은 인류의 보물이다. 인류의 유산으로 보이는 것과 보이지 않는 것을 동시에 이 땅에 구현한 페리클레스는 도대체 어떤 인물인가?

투구 속 비밀

고대에 제작된 그리스인의 두상(頭像) 가운데, 늘 투구를 쓴 모습으로만 우리 눈에 익은 두상이 하나 있다. 정복자 알렉산드로스의 두상도 아니고 독재자 페이시스트라토스의 두상도 아니다. 바로 페리클레스의 두상이다. 페리클레스가 호전적인 장군이어서 그랬던가? 아니다.

페리클레스의 어머니는 사자 우리에 들어가 사자와 함께 잠을 자는 태몽을 꾸고 아들을 낳았는데, 다른 데는 이상이 없고 머리통만 이상하더란다. 정수리가 뾰족한 데다 세로로 너무 길어서 몸과는 균형이 도무지 맞지 않았던 것. 그가 장성하자 아테나이 시인들은 그에게 '스키노케팔로스(Schinokephalos)'라는 애칭을 안겨 주게 된다. '스키노'는 꼭지

정치가, 웅변가, 장군으로서 아테나이의 황금시대를 열고, 민주주의의 초석을 마련한 페리클레스. 파리 튈르리 정원의 동상.

가 뾰족한 알뿌리 식물인 '무릇', '케팔로스'는 '머리'라는 뜻이다. 따라서 스키노케팔로스는 '무릇대가리'가 된다. 아테나이 조각가들은 저희들이 사랑하는 정치가의 무릇대가리가 백일하에 드러나는 것을 원하지 않았던 것임에 분명하다. 그래서 페리클레스는 2500년이 지난 오늘날까지도 늘 투구 쓴 모습으로만 우리에게 낯익다.

페리클레스의 무릇대가리는 풍자시인들의 놀림거리가 되었다. 정적이기도 했던 풍자시인 크라티노스는 그의 머리를 이렇게 노래한다.

늙은 '크로노스'가 '스타시스'를 아내로 취하고 함께 사랑하여

한 독재자를 낳아 세상에 내보내니

신들은 이자를 '케팔레게레타(skull-compeller)'라고 부르더라.

크로노스는 제우스의 아버지인 시간의 신, 스타시스는 분쟁의 여신이다. 제우스의 별명 중 하나는 '네펠레게레타', 즉 '구름을 모으는 자'라는 뜻이다. 따라서 '케팔레게레타'는 '머리가 무지하게 큰 자', 혹은 '해골을 모으는 자'라는 뜻이다.

빼어난 용모에 인품도 훌륭하고 웅변술도 뛰어났다는 그에게 뾰족한 머리는 감추고 싶은 비밀이었을까? 투구를 쓴 페리클레스의 두상. 대영박물관 소장.

철학자들과의 교우

페리클레스는 젊은 시절에 연배였던 철학자 제논과 교유했던 것으로 전해진다. 그리스에는 두 사람의 제논이 있다. 엘레아 사람 제논과 퀴프로스 사람 제논인데 페리클레스가 교우한 제논은 변증법의 창시자라고 불리는 앞의 제논이다. 제논은 '제논의 역설'로 불리는 운동 부정론으로 유명한 사람이다. 그의 유명한 역설에 따르면 아무리 발이 빨라도 '아킬레우스는 거북을 따라잡을 수 없다'. 전자가 10미터를 따라붙으면 후자는 1미터를 전진하고, 전자가 또 1미터를 전진하면 후자는 10센티미터, 전자가 또 10센티미터를 따라붙으면 후자는 1센티미터…… 그의 주장에 따르면 거북은 어떤 경우든 미세하게 전진하므로 아킬레우스는 결코 거북을 따라잡을 수 없다는 것이다. 제논의 역설 중에는 '날아가는 화살은 움직이지 않는다.'라는 것도 있다. 제논은 논박술(論駁術)에 일가견이 있는 사람이었다. 철학자 티몬은 그런 제논을 이렇게 노래한다.

제논의
두 갈래 진 혀뿌리에 걸리면
진실도 거짓으로 둔갑한다

페리클레스에게 깊은 영향을 미친 또 하나의 철학자는 아낙사고라스이다. 그는 최초의 혼돈 상태로부터 질서 정연한 세계로 이행한 원동력이 바로 인간의 '누스', 즉 오성(惡性)이라고 주장하던 철학자다. 당시에 이미 '누스'라는 별명으로 불리고 있던 아낙사고라스와의 교우를 통해 페리클레스는

18세기 프랑스 화가 오귀스탱 루이 벨이 그린 「아낙사고라스와 페리클레스」.

단순한 민중 선동가 이상의 위엄과 사려와 품위를 갖추게 된다. 확성기가 없던 시대의 사람 페리클레스의 태도에 견주면 오성을 방기한 듯한 오늘의 저 시끄러운 유세자들은 얼마나 천박한가. 그의 목적은 숭고했고, 그의 언어에는 위엄이 있었다. 그는 천박하고 부정직한 대중 연설의 광대 짓거리에는 결코 휩쓸리지 않았다. 그의 외모는 늘 평정했고 동작은 한결같이 침착하고 조용했다. 연설하고 있는 그를 방해할 수 있는 것은 아무것도 없었다.

그가 한번은 정치적 견해를 달리하는 비열한 깡패로부터 하루 종일 욕을 얻어먹은 적이 있다. 깡패가 종일 욕지거리를 해 대면서 따라다녔지만 그는 묵묵히 자기 일을 마치고 집으로 향했다. 깡패는 집까지 따라오면서 욕지거리를 해 댔다. 그 욕을 다 얻어먹으면서 저물녘에야 집에 이른 그는 계속해서 욕지거리를 해 대는 깡패를 문간에 남겨 둔 채 안으로 들어갔다. 그러고는 하인에게 등잔을 하나 건네주면서 이렇게 말했다.

"어둡구나. 저 녀석을 집까지 바래다주어라."

민주주의로 가는 길

프랑스의 철학자 볼테르는 인류사의 위대한 시대를, "인류의 위대한 정신을 예술로 꽃피우고 이로써 후대에 좋은 본을 보이는 행복한 시대"라고 정의한다. 그에 따르면 페리클레스가 다스리던 '아테나이의 전성시대', 카이사르와 아우구스투스가 다스리던 로마 제국의 융성 시대, 이탈리아의 르네상스 시대, 루이 14세 치하의 프랑스 혁명 직전의 시대가 여기에 해당한다. 미국 예일 대학교의 도널드 케이건 교수의 저서 『아테나이의 페리클레스와 민주주의의 탄생』에 나오는 말이다.

인구 25만을 넘지 못하던 아테나이의 페리클레스 시대가 인류사에서 이토록 중요한 위치를 차지하는 까닭은 어디에 있을까? 비록 여성, 미성년자, 국내 거주 외국인, 노예는 제외되는 제한적인 형태이기는 하나 정치적 평등이 지켜지고 민주주의가 실현되던 시대였기 때문이다. 아테나이 민주주의는, 페리클레스를 전후해서 반짝 빛나다가 오랜 잠복기를 거쳐 프랑스 계몽 시대에 이르러 비로소 꽃핀 보편 평등주의의 씨앗이었다.

위에서 소개한 케이건의 책은 14개의 장으로 이루어져 있다. 목차를 잠깐 살펴보자. '귀족', '정객', '민주주의자', '군인', '제국주의자', '조정자', '몽상가', '교육가', '사인(私人)', '정치가', '위기관리자', '전략가', '영웅', 그리고 마지막으로 '페리클레스의 그늘'. 이 면면은 페리클레스가 가진 14개의 얼굴이기도 하다. 그의 이미지는 올림포스 신들의 위엄에 필적하는 '영웅'의 면모와 애첩 아스파시아의 치마폭을 떠나지 못하는 연약한 연인의 면모까지 아우른다. 그 면면을 점묘해 보자.

페리클레스는 로마의 아우구스투스 황제, 이탈리아의 로렌초 데 메디치 집안, 영국의 엘리자베스 여왕이 그랬듯이 예술과 지적인 활동의 후원자이기도 했다. '아크로폴리스(Acropolis)'는 아테나이 한가운데 자리 잡은, 우뚝 '솟은(acro) 터(polis)'인데, 건축가이자 조각가인 친구 페이디아스를 동원하여 이 아크로폴리스에 파르테논 신전을 세운 사람이 바로 페리클레스이다. '파르테논'은 '파르테노스의 집'이라는 뜻으로, '파르테노스(처녀신)'는 아테나 여신의 별명이다. 파르테논 신전이 있는 이 아크로폴리스 덕분에 현대 국가 그리스가 누리는 관광 수입을 들먹일 것은 없다. 독자들은 그리스 출신의 신음악 기수 야니의 아크로폴리스 공연을 기억할 것이다. 야니가 영국의 로열 심포니 오케스트라의 반주를 받으면서 자작곡을 연주하던 아크로폴리스의 그곳이 바로 2500년 전 페리클레스가 건립하여 비극시인 아이스퀼로스의 『페르시아인』을 무대에 올렸던 바로 그 자리, 로마 시대의 열렬한 그리스 애호가 헤로데스 아티쿠스가 세운 헤로데스 아티쿠스 극장인

기원후 160년경 돈 많은 로마 귀족 헤로데스 아티쿠스가 지어 아테나이에 바친 것이 바로 헤로데스 아티쿠스 극장이다. 아크로폴리스 언덕 오른편 아래로 펼쳐지는 이 원형 극장에서 현재에도 해마다 고전극, 콘서트 등이 열린다.

것이다.

우리나라 텔레비전이 배경 음악으로 즐겨 쓰는 야니의 음악을 들을 때마다 필자는 페리클레스와 아이스퀼로스와 야니를 동시에, 그리고 착잡하게 떠올리고는 한다. 페리클레스는 여느 정치가가 아니었다. 그는 비극시인 소포클레스의 친구였고, 인류 사상 최초의 도시 계획가인 히포다모스의 후원자였으며, 역사학의 아버지 헤로도토스의 친구였고 당대의 철학자들인 제논, 아낙사고라스, 프로타고라스의 친구이자 맞수이기도 했다.

고대의 도시 국가 아테나이의 정책 결정은 밀실에서 밀담을 통해서 이루어지는 것이 아니라 광장에서 토론을 통해서 이루어졌다. 따라서 대중 연설 솜씨는 정치가들이 반드시 갖추어야 하는 기술이었다.

스파르타 왕 아르키다모스가 어느 날 씨름꾼 출신인 투퀴디데스에게 물었다.(이 투퀴디데스는 역사가 투퀴디데스가 아니다.)

"페리클레스가 씨름도 잘하오?"

그러자 페리클레스가 가장 부담스러워하던 정적 투퀴디데스가 이렇게 대답했다.

"내가 쓰러뜨릴 때마다, 자기는 쓰러진 것이 아니라고 주장하는 데 그치는 것이 아니라, 쓰러지는 것을 본 사람까지도 설득시켜 버리는 통에 환장하겠습니다."

페리클레스는 행동거지가 바르고 품성이 고매했던 것으로 유명한 사람이다. 비극시인 소포클레스가 페리클레스 휘하 장군으로

고대 그리스의 비극시인 소포클레스는 부유한 가정에서 태어나 좋은 교육을 받고 자랐다. 뿐만 아니라 건강하고 수려한 외모에 정치가로서의 식견 또한 탁월해 아테나이 사람들의 존경을 받는 인물이었다. 「아이아스」, 「안티고네」, 「오이디푸스 왕」 등의 작품으로 유명한 그는 그리스 비극 경연 대회에서 아이스퀼로스를 누르고 우승을 거두기도 했다. 이랬던 그가 쓴 작품 속 인물들은 절망과 불운에 시달리니, 참으로 아이러니하다.

싸우고 있을 당시의 이야기다. 소포클레스가 길가에 서 있는 잘생긴 청년을 보고 그 청년의 아름다움을 시인스럽게 칭송하자 페리클레스가 응수했다.

"소포클레스, 장군은 두 손뿐만 아니라 두 눈도 깨끗해야 하오."

페리클레스의 행동거지가 너무 반듯한 것을 두고 인기를 끌기 위해 위선을 떤다고 한 사람이 있었다. 철학자 제논이 그에게 말했다.

"자네도 따라 해 보게. 모르는 사이에 고상해질 테니까."

페리클레스 시대 그리스의 군사적 맹주는 실질적으로는 도시 국가 아테나이였다. 당시의 그리스 정세는, 스파르타가 사사건건 맹주 아테나이의 딴죽을 거는 형국이었다. 스파르타가 페리클레스를 제거하고 싶어 했던 것은 당연하다. 페리클레스만 제거하면 아테나이를 만만하게 다룰 수 있을 터였기 때문이다. 그래서 스파르타인들은 페리클레스의 핏줄에 오염된 피가 흐르고 있다는 말을 퍼뜨렸다. 역사가 투퀴디데스도 페리클레스의 어머니가 순수한 아테나이인이 아니었던 것으로 기록하고 있다. 페리클레스가 스파르타와 내통하고 있다는 근거 없는 소문도 나돌았다.

25세기 전의 아테나이인들이 이러한 공작에 어떻게 대응했는지 궁금하지 않을 수 없다. 스파르타인들의 이러한 공작은 성공을 거두었을까? 천만에. 결과는 이 소문을 퍼뜨린 스파르타인들의 기대를 완벽하게 뒤집었다. 아테나이인들이 페리클레스를 의심하거나 비난하는 대신, 그를 더욱 신용하고 그를 높이 평가하게 된 것이다. 아테나이인들이 왜 그랬겠는가? 페리클레스가 그런 공작의 표적이 되었다는 것은 그가 바로 적이 가장 증오하고 두려워하는 사람이라는 증거이기 때문이었다. 아테나이인들은 과연 슬기롭지 않은가? 우리가 역사를, 혹은 역사로부터 배워야 하는 까닭은 이로써 자명해진다. 이것이 첫 토막이다.

기원전 449년에 페르시아 제국과, 그리고 445년에 스파르타와 평화 조약을 맺은 페리클레스는 아테나이 내치에 힘썼는데, 이때에 건축된 파르테논 신전은 오늘날까지도 많은 관광객을 그리스로 끌어들이고 있다.

아테나이 시민들은 한 권력자의 독주를 그냥 내버려 두는 일이 없었다. 패각 추방제, 혹은 도편 추방제가 바로 이 권력자의 독주를 방지하는 장치였다. 하지만 아테나이에는 추방제만 있었던 것이 아니다.

페리클레스의 정적 키몬이 사망하자 아테나이 정국은 어떤 권력자도 페리클레스에게 대항하지 못하는 형국으로 발전했다. 귀족들은 페리클레스의 정적을 하나 내세워 그의 권력을 견제하고 독재를 방지할 안전장치를 마

건축가 페이디아스가 페리클레스, 아스파시아, 알키비아데스와 친구들에게 파르테논 신전의 프리즈를 보여 주고 있다. 19세기 네덜란드 화가 로렌스 알마 태더마 경의 작품. 버밍엄 박물관 및 미술관 소장.

플라톤은 페리클레스를 "아테나이를 열주로 가득 채운 사람"으로 혹평했다지만, 그 열주들은 폐허 속에서도 여전히 아름다움을 뽐내고 있다.

련할 방안을 강구했다. 이때 귀족이 뒤를 밀어주어 정치 전면으로 부상한 정치가가 바로 투퀴디데스이다. 투퀴디데스는 분별력을 갖추고, 화술과 정치 감각이 뛰어난 사람이었다. 그는 페리클레스와 정책 대결을 벌이면서 아주 빠른 기간에 페리클레스와 어깨를 나란히 하는 정적으로 떠올랐다. 미국에는, 대통령의 반대당 의석을 늘려 주는 전통이 있다. 말하자면 민주당 후보가 대통령직에 오르면 공화당 의석을 늘려 주어 대통령의 권력을 견제하게 하는 것이다. 이제 그 까닭을, 그 깊은 뜻을 알 만하지 않은가? 민주주의는, 주인인 백성이 하는 선택이지 통치자가 주는 선물이 아닌 것이다. 이

것이 둘째 토막이다.

페리클레스가 파르테논 신전을 세우고 있을 당시, 이렇게 해서 정치 전면으로 부상한 정적 투퀴디데스는 그가 공금을 남용하고 국고를 탕진하고 있다고 비난했다. 페리클레스는 공개 토론회에서 시민들에게 물었다.

"내가 너무 많은 돈을 썼다고 생각하시오?"

"그렇습니다. 너무 많이 썼습니다!"

시민들 대답에 페리클레스는 다음과 같이 응수했다.

"그렇다면 세수(稅收)로 지출할 것이 아니라 내 개인 재산으로 지출하겠소. 그러고는 그 신전 박공에다 내 이름을 새기겠소."

이 말을 들은 시민들은 공사가 끝날 때까지 아낌없이 쓰라고 외쳤다. 페리클레스라는 인간의 그릇 크기에 감명을 받았기 때문이거나 그 신전 건립의 영광을 함께 누리고 싶어서 그랬을 것이다.

페리클레스를 비난하는 투퀴디데스는 결국 패각 추방제의 희생양이 되었다. 정적을 추방한 뒤부터는 페리클레스도 시민들에게 호락호락하지 않았다. 방종에 가깝던 민주주의를 버리고 엄격한 귀족 정치로 돌아선 것이다. 흡사 바람의 방향에 따라 뱃길을 잡는 키잡이 같았다. 플루타르코스는 이즈음의 페리클레스를 솜씨 좋은 내과의사에 견주고 있다. 고질병에 걸린 환자를 치료할 경우, 환자의 예후를 살펴 환자가 바라는 대로 적당하게 치료하는 방법도 있을 수 있고, 환자를 고통스럽게 하는 것도 불사하고 독한 약으로 치료 기간을 앞당기는 방법도 있을 수 있는데, 페리클레스는 후자를 택했다는 것이다. 이것이 셋째 토막이다.

영웅에게도 약점은 있는 법

"저 나라 여자들은 아기를 낳지 않는가?"

로마 황제 아우구스투스가, 강아지나 원숭이 같은 애완동물을 지나치게 귀여워하던 외국인들을 보고 한 말이다. 그는 사람의 애정이나 재능이 엉뚱한 데, 비교적 덜 중요한 데 기우는 것을 매우 안타까워했다. 그는 로마 제국의 도덕적 바탕이 되는 풍속 새마을 운동을 창시했던 장본인이다.

완물상지(玩物喪志). 특정한 물건을 지나치게 사랑하면 큰 뜻이 상한다는 뜻이다. 애완물만 그런 것이 아니다. 특정한 관념도 그렇고 특정한 습관도 그렇다.

연주를 직업으로 삼고 있는 음악가들에게 미리 양해를 구해 두고자 한다. 지금부터 소개하는 교훈적인 에피소드는 음악가들을 폄훼하기 위한 것이 아니다. 이것은, 정치 지도자가 과연 어디에다 뜻을 제대로 실어야 하는지 그것을 가르치면서 악기를 등장시킨 옛이야기 두름일 뿐이다.

소크라테스의 제자 중 한 사람인 안티스테네스는 세상만사에 매우 냉소적인 견유철학의 창시자로 알려져 있다. 이스메니아스라는 사람이 피리의 명인이라는 소문을 들었을 때 이 안티스테네스는 이렇게 냉소했다.

"그럴 테지요. 하지만 그자는 형편없는 인간일 것이오. 그렇지 않고서야 피리를 그렇게 잘 불 수 있을 리 없을 테니."

정복자 알렉산드로스가 어린 시절 어느 잔치 자리에서 뤼라 연주를 멋들어지게 한 적이 있다. 이것을 듣고 본 아버지 필리포스 왕은 아들을 앞에 두고 이렇게 비아냥거렸다.

"애야, 뤼라를 그렇게 잘 타다니 창피하지도 않으냐?"

페리클레스의 뒤를 잇게 되는 알키비아데스에게도 비슷한 일화가 있다. 그 시절에는 피리 연주가 교과목에 올라 있었던 모양이다. 어린 시절의 알키비아데스는 다른 공부는 잘하는데도 불구하고 피리 연습만은 한사코 거부했다. 자유인이 할 일이 아니라는 것이 그 이유였다. 알키비아데스의 주장은 이렇다.

"피리는 테바이의 어린것들에게나 불게 하라. 그것들은 웅변을 모르니까. 하지만 아테나이인은 다르다."

약점 없는 사람이 어디 있으랴. 페리클레스에게도 약점이 있었다. 전제 군주 페이시스트라토스와 외모가 너무나 비슷하다는 것이 그의 약점이었다. 외모만 비슷했던 것이 아니다. 음성이 유난히 부드러운 것, 웅변의 어조나 논리가 물 흐르는 듯한 것까지 비슷했다. 이 때문이었겠지만 그는 대중 앞에 서는 것을 극도로 기피했다. 페이시스트라토스의 전제 정치를 기억하는 노인들은 페리클레스의 부드러운 음성과 유창한 웅변을 접할 때마다 페이시스트라토스 시대의 악몽에 시달리고는 했다. 유복한 귀족 출신이었던 그는 바로 이런 약점 때문에 인기가 오르면 오를수록 위험인물로 지목되어 패각 추방의 대상이 될 개연성이 그만큼 높아진 셈인데, 그가 수적으로 열세인 부자나 귀족으로부터 등을 돌리고 수적으로 강세인 가난한 평민의 편에 서게 된 것은 이 때문이다. 고대 아테나이가 민주주의 기틀을 다지게 되는 인류사적 사건은, 자신의 약점을 극복하려는 한 개인의 노력을 통해서 가능해진 셈이다. 위즉기(危卽機), 즉 위기가 기회인 까닭이 여기에 있다.

정치 일선에 나서고부터 페리클레스는 생활 방식을 완전히 바꾸었다. 시중을 걸을 일이 있어도 아고라, 즉 장터에 있던 집회장과 의사당을 잇는 길이 아니면 걷지 않았다. 가까운 정객들의 저녁 초대에도 응하지 않은 것은 물론 모든 친지들과의 사적인 교류도 한시적으로 끊었다. 그가 친척 집에 간 일이 딱 한 번 있기는 하다. 재종 동생인 에우뤼프톨레모스의 결혼식에 참석한 일이 그것이다. 하지만 그는, 결혼 예식의 핵심이라고 할 수 있는, 신들에게 헌주(獻酒)하는 순서가 끝나자 바로 자리에서 일어나 버린 것으로 전해진다.

페리클레스의 약점 중에서 가장 두드러진 약점은 아마도 아스파시아와의 연애 사건일 것이다. 아스파시아는 매력 있고 재능이 넘치는 여성으로, 당시의 정치 지도자들을 '가지고 놀았다'고 하는데도, 철학자들은 한 번도 아스파시아를 헐뜯은 적이 없다. 페리클레스는 오로지 아스파시아의 재능과 정치적 안목 때문에 자주 그 집을 출입한 것으로 전해진다. 아스파시아는 수사학에 재능이 있어서 당대의 거물들은 모두 다투어 한 수 배우고 싶어 했다. 소크라테스도 제자들과 함께 아스파시아의 집을 자주 출입했다고 한다. 아스파시아는 매춘부라고 할 수는 없지만, 그 집에 매춘부가 여럿 있었다니 아무래도 거물급들만 상대하던 명기(名妓), 혹은 고등(高等)한 포주였던 것 같다. 그 시절의 희극 작가들은 아스파시아를 '현대판 옴팔레'라고 불렀다. 옴팔레는 전설적인 여인 국가 옴팔로스의 여왕이었다. 헤라클레스는 사람 많이 죽인 죄를 닦느라고 이 옴팔레 밑에서 종살이를 한 적이 있다. 페리클레스의 이름이 헤라클레스와 비슷하니까, 농담 좋아하는 사람들이 아스파

소아시아 밀레토스 지방 출신인 아스파시아는 눈부신 미모와 뛰어난 재능으로 페리클레스의 마음을 사로잡았다.

18세기 프랑스 화가 프랑수아 부셰가 그린 「헤라클레스와 옴팔레」. '옴팔레'는 배꼽이라는 뜻인데, 아닌 게 아니라 옴팔레 여왕의 배꼽이 선명하게 그려져 있다.

헤라클레스는 칼리돈 왕 오이네우스의 딸 데이아네이라와 결혼한다. 집으로 돌아오는 길에 켄타우로스 네소스가 데이아네이라를 납치하다 헤라클레스에게 목숨을 잃는데 네소스는 죽어 가면서 데이아네이라에게, 언젠가 남편의 사랑이 식었을 때 쓰라며 자신의 피를 선물한다. 훗날 헤라클레스는 그로 인해 제 몸을 불사른다. 17세기 이탈리아 화가 귀도 레니의 그림 「데이아네이라를 납치하는 네소스」. 루브르 박물관 소장.

시아를, 페리클레스의 옴팔레라고 부른 듯하다. '데이아네이라'라고 부른 희극 작가도 있다. 데이아네이라는 헤라클레스에게는 치명적이었던 아내의 이름이었다. 아스파시아를 이렇게 부른 데는, 언젠가 페리클레스가 아스파시아 때문에 욕을 좀 볼 것이라는 암시가 묻어 있다.

페리클레스는 본처와 이혼하고 아스파시아를 아내로 맞아 아들까지 하나 두었던 것으로 전해진다. 에우폴리스의 풍자극에 이 아들이 간접적으로 등장한다. 극 중의 페리클레스가 이 아들의 안부를 묻자, 역시 극 중 인물 뮈로니데스가 이렇게 대답한다.

"아드님 말인가요? 살아 있지요.

명이 긴 사람이지만, 어미가 매춘부였으니

성명 삼자는 당연히 더러울 수밖에 없지요."

이 아스파시아가 어찌나 유명했던지 페르시아 황제 퀴로스는 총애하던 후궁 밀토의 이름을 아스파시아로 개명까지 하게 했단다.

아스파시아는, 지금의 터키에 속해 있는 도시 밀레토스 출신이었다. 그래서 페리클레스가, 밀레토스를 점령하고 있던 사모스에 출병한 것도 다 아스파시아의 농간이라는 소문이 돌았다. 사모스는 그리스 땅이었다. 페리클레스가 사모스를 정벌하고 돌아왔을 때, 아테나이 여성들은 모두 나와 페리클레스를 개선장군으로 환영했다.

키몬의 누이동생 엘피니케도 가시 돋친 혀로 페리클레스를 찬양했다.

"훌륭하고말고요. 내 오라버니 키몬처럼 메디아인이나 포이니키아인과 싸운 것이 아니라, 동족의 나라 사모스를 치느라고 이토록 많은 아테나이 시민을 죽였으니까요."

페리클레스는 다만 미소로써, 그리고 다음과 같은 시구로 대답을 대신

했다.

"나이 먹은 여인에게 맞는 향수는 없는 법이거니."

뒷날 로마 청년들에게 그리스 사상을 소개한 것으로 유명한 철학자 크리톨라오스는 이렇게 말했다.

"페리클레스는 군함 살리미니아호처럼 삼갈 줄을 알았다."

꼭 필요할 경우에만 자신을 드러내었을 뿐 그렇지 않을 경우에는 다른 사람을 보내었다는 뜻이다. 견문발검(見蚊拔劍), 즉 모기를 보고 칼을 뽑지 않았다는 뜻이다.

서양 문명의 모범을 세우다

그리스와 로마 건축 양식의 가장 두드러지는 차이는 무엇일까? 열주(列柱)와 홍예(虹預)의 차이다. 그리스 건축물에서 지붕을 떠받치는 것은 줄지어 선 여러 개의 기둥, 즉 열주다. 그런데 로마 시대로 들어오면 홍예, 즉 무지개 모양의 아치가 지붕을 떠받치는 구조물이 나타난다. 로마인들이 선주민족인 에트루리아인들의 홍예 양식을 확대 재생산하게 되는 것이다. 열주 양식이 지니는 흠은 중간 중간에 들어서는 기둥이 공간 조성을 제약한다는 점이다. 그런데 홍예 양식이 등장하고부터 이 제약이 없어지면서 실내 공간은 엄청나게 확장된다. 그리스 집회장인 옥외 '아고라'가 로마 시대로 들어오면 실내 '포럼'이 되는 것도 이 때문이다.

그리스 건축 양식에 등장하는 열주의 기둥 하나하나는 거대한 하나의 원기둥이 아니다. 짤막짤막한 원기둥 여러 개를 세로로 짜 맞추어 하나의

파르테논 신전은 전쟁으로 대부분 파괴되었다. 그 귀중한 잔존 부분 가운데 대부분은 '엘긴 마블'이라는 이름으로 런던 대영박물관에 진열되어 있다.

원기둥처럼 보이게 한 것일 뿐이다. 그리스 유적지에 거대한 북을 연상시키는 원기둥꼴 바위가 굴러다니는 것은 바로 이 때문이다. 실제로 건축에서는 이 원기둥꼴 바위를 '드럼(drum)', 즉 '태고석(太鼓石)'이라고 부른다.

파르테논 신전 열주의 경우, 재미있는 것은 이 무수한 열주 각 기둥의 굵기와 높이가 각각 다르다는 것이다. 어떻게 다른가? 중앙이 가장 가늘고 짧은 반면에 좌우로 멀어질수록 점점 굵고 높아진다. 까닭이 있다. 아크로폴리스에 올라 프로필라이(앞문)를 지나면 거대한 파르테논 신전이 불쑥 나타난다. 그 앞에 서면 사람의 시선은 이 거대한 파르테논 신전의 맨 한가운데 기둥에 머문다. 만약에 기둥의 굵기와 높이가 동일하다면 어떤 현상이 일어날까? 원근법에 따라 중앙에서 바깥쪽으로 갈수록 기둥이 더 가늘고 짧아

파르테논 신전에 있던 조각상. 일명 '엘긴 마블'로 불리는 이 조각 컬렉션은 18~19세기 영국 외교관 엘긴 백작이 당시 그리스를 지배하던 오스만 제국 대사를 지낼 때 수집한 것이다. 그 과정에서 통째로 떼어내는 것이 불가능했던 조각들은 절단되어 영국으로 옮겨졌다. 파르테논에서 뜯어 낸 벽면, 기둥, 조각품 등 100여 개가 넘는 조각들은 현재 대영박물관에 전시되어 있으며, 영국 정부는 그리스의 반환 요구를 거절해 오고 있다.

보일 수밖에 없다. 따라서 이 거대한 석조 건물은 어안 렌즈에 찍힌 사진 속의 건물처럼 중앙에서 좌우로 휘어져 보일 수밖에 없다. 건축가 페이디아스는 이런 현상이 생길 것을 짐작하고 부러 중앙의 기둥을 비교적 가늘고 낮게 만들고 좌우로 멀어질수록 점점 굵고 높아지게 만들었다는 것이다. 페리클레스 시대의 위대한 건축 예술가이자 페리클레스의 친구이기도 했던 페이디아스가 얼마나 눈 밝은 사람이었는지 짐작하게 하는 대목이다.

"짧은 축조 기간에 견주면 얼마나 장구한 생명을 가진 구조물인가?"

1세기 사람 플루타르코스는 기원전 5세기에 축조된, 따라서 겨우 500년밖에 안 된 신전을 보고 이렇게 찬탄한다. 플루타르코스는 그로부터 2000년 세월이 더 지난 지금까지도 인류가 그 파르테논 신전을 문화의 고향으로 삼게 될 것을 짐작했을까? 신전은 플루타르코스 이후로도 근 1600년 동

안이나 그 모습을 온전하게 가지고 있다가 17세기 터키 군의 손에 지금의 모습으로 훼손되었다. 세월이 아닌, 인간의 손에 훼손된 것이다.

설계되고 나서 완성될 때까지 이 파르테논 신전 프로젝트는 페리클레스의 정적들에게는 더할 나위 없이 좋은 공격 목표였다.

"아테나 여신이 허영에 들뜬 여자던가? 어째서 어마어마한 돈을 들여 아테나 여신의 도시를 값비싼 대리석과 무수한 석상과 신전으로 처발라 거리로 내모는 것인가?"

정적들의 공격에 대해 페리클레스는 이렇게 응수했다.

"나는 아테나이의 영광을 드높이는 동시에 아테나이 사람들을 위해 고용을 창출하고자 하는 것이다. 돌멩이 하나로 두 마리의 새를 잡으려는 것이다."

지혜롭지 않은가? 페리클레스는 전

아테나이의 수호 여신 아테나. 의로운 전쟁의 여신이자 지혜의 여신인 아테나는 매우 독창적이어서 공업의 여신이기도 하다. 그리스 예술이 아테나이를 중심으로 발달한 것은 어쩌면 이 여신의 유연하면서도 풍부한 이미지와 무관하지 않을지도 모른다.

쟁 막간에 찾아온 아테나이의 반짝 평화 기간을 활용하여 그로부터 무려 2500년 봉안이나 아크로폴리스를 지킬 인류의 문화재에다 아테나이인들의 꿈을 투자한 것이다.

페리클레스가 병석에 누웠을 때의 일이다. 아테나이의 명사들이 몰려들었다. 그들은 페리클레스가 인사불성에 빠진 것으로 알고 정치에서 그가 지켜 낸 지조를 찬양하고 전쟁에서 그가 거둔 승리의 수를 헤아려 바쳤다. 하지만 명사들의 칭송을 다 듣고 있던 페리클레스가 중얼거렸다.

"운이 좋았을 뿐이오. 그만한 일 하지 않은 정치 지도자가 어디 있소?"

"하지만 아크로폴리스에 신전을 세우신 그 드물게 훌륭한 업적에 대한 칭송만은 받아 주셔야 하지 않겠습니까?"

명사들의 말에 페리클레스가 그리스 특유의 수사법으로 응수했다.

"아직 나 때문에 상복을 입게 된 아테나이 사람이 하나도 없으니 하는 말이오."

죽기 전에는 사람을 평가하지 말라는 뜻이다.

비운의 웅변가
포키온

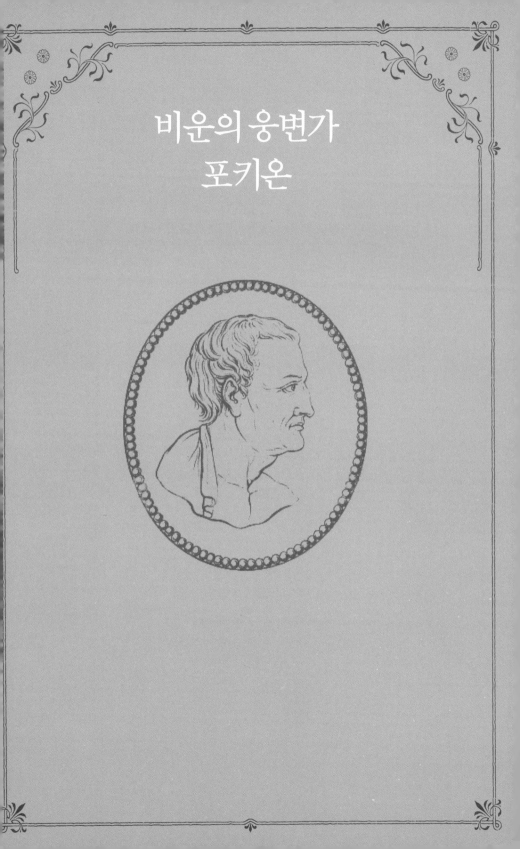

웅변으로 아테나이를 이끈 두 정치가

플루타르코스는 웅변가 데모스테네스에 대해 이렇게 쓰고 있다.

"데모스테네스는 삶의 방식으로 보나 태도로 보나 아테나이 웅변가들 중 맨 윗길이다. 단, 포키온만 빼놓고 말하자면 그렇다."

포키온은 누구인가? 포키온은 어떤 점에서 데모스테네스와 다른가?

기원전 4세기 초반은 마케도니아의 필리포스와 알렉산드로스 부자가 그리스 땅의 최강자들로 부상하고 있을 즈음이다. 이때 무작한 마케도니아의 군사력 앞에서 아테나이의 문화적 자존심을 지키던 두 정치가가 바로 포키온과 데모스테네스다. 두 사람은 당대를 선도하던 웅변가들이기도 하다.

데모스테네스는 입지전적인 웅변가다. 그는 지하실을 만들고 날마다 거기에 들어가 몸짓과 발성법을 수련했던 것으로 알려져 있다. 외출의 유혹을 물리치기 위해 머리를 바싹 깎아 버리고 스스로를 지하실에다 감금하다시피 하기도 했다. 그는 조약돌을 물고 발성하는 연습을 통해서 말을 더듬는 습관을 고쳤고, 평지를 달리면서 연설하거나 산을 오르면서 시를 낭송함으로써 선천적으로 가쁜 호흡을 강화했다는 일화로도 유명하다. 하지만 데모스테네스의 웅변 역량은 포키온과 상대가 되었는지는 모르지만 정치가로서의 안목이나 인간으로서의 품격은 훨씬 못 미쳤던 것으로 보인다.

데모스테네스는 이른바 '필리피코스', 즉 '필리포스를 성토하는 연설'로 유명한 사람이다. 욱일승천하던 적국 마케도니아에 대해 데모스테네스는 주전론자(主戰論者), 포키온은 주화론자(主和論者)였다. 데모스테네스가 몸짓이나 어조의 강약을 앞세우는 기술적인 웅변가였다면 포키온은 촌철

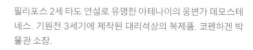

필리포스 2세 타도 연설로 유명한 아테나이의 웅변가 데모스테네스. 기원전 3세기에 제작된 대리석상의 복제품. 코펜하겐 박물관 소장.

살인적 수사(修辭)를 앞세우는 노련한 달변가였다. 폴뤼에욱토스의 말마따나 당대의 최고의 웅변가는 데모스테네스였지만 가장 힘찬 웅변가는 포키온이었다.

청중이 운집해 있는 극장의 무대에서 포키온이 생각에 잠긴 채 서성거리고 있었다. 한 친구가 무슨 생각을 그렇게 하느냐고 묻자 포키온이 대답했다.

"아테나이 시민을 위한 연설을 어떻게 하면 더 짧게 할 수 있을까 궁리하는 중이네."

포키온은 그런 연설 무대에서 시민들로부터 우레 같은 갈채를 받을 때마다 옆에 앉은 사람에게 이런 말을 했다고 한다.

"내가 나도 모르는 사이에 바보같이 엉뚱한 소리를 한 것은 아닌가?"

국경 문제로 아테나이와 보이오티아 사이에 분쟁이 일어났을 때였다. 아테나이 시민들은 무력으로 보이오티아를 제압해야 한다고 주장했다. 포키온은 협상을 통한 문제 해결을 주장하면서 이렇게 말했다.

"아테나이 시민의 장기인 말로 해야 하는 것이지 보이오티아 사람들의 장기인 싸움질로는 안 됩니다."

시민들이 이 말을 듣지 않고 포키온에게 병권을 잡고 보이오티아를 치라고 했다. 그는 이렇게 말했다.

"여러분이 나에게 전쟁터에 나가라고 강요할 수는 있습니다. 그러나 사리에 맞지도 않는 말을 나에게 하라고 강요할 수는 없습니다."

이웃 나라와의 전쟁에 관한 한 주전론의 입장을 고수하고 있던 정적 데모스테네스가 포키온에게 충고했다.

"장군, 시민을 격동시키지 마십시오. 시민들은 이성을 잃으면 장군을 죽이려 들지도 모릅니다."

포키온이 응수했다.

"그럴 테지만 이성을 되찾으면 자네를 죽이려 들지도 모르겠네."

아첨꾼으로 이름 높은 정치가 아리스토기톤이 감옥에 들어가게 되자 은밀히 포키온에게 사람을 보내어 감옥으로 와서 자기를 면담해 주기를 요청했다. 아리스토기톤은 이로써 포키온을 통한 정치적 입지의 확보를 꾀한 것이다. 친구들은 만류했지만 포키온은 태연하게 감옥으로 가면서 이런 말을 남겼다.

"걱정들 마시게. 아리스토기톤을 만나기에는 안성맞춤인 곳이니까."

알렉산드로스도 인정한 포키온의 능력

필리포스가 아테나이를 넘볼 당시의 일이다. 포키온은, 필리포스에게도 굳이 아테나이를 쳐부수고 싶다는 생각이 없을 터인 만큼 필리포스로 하여금 휴전을 제의하게 하고 아테나이는 제의를 수락하는 모양새를 취하게 해야 한다고 시민들을 설득했다. 그의 정적들이 따지고 들었다.

"이미 무기를 든 시민들에게 무기 버리고 휴전하라는 저의가 무엇이오?"

"휴전하면 그대들이 나를 지배할 수 있게 되겠지만 전쟁이 터지면 내가 그대들을 지휘하게 될 것이기 때문이오. 아테나이를 위해서는 그대들이 나를 지배하는 편이 훨씬 나아요."

포키온의 주장은 거부당하고 주전론자 데모스테네스의 주장이 받아들여졌다. 데모스테네스는 시민들에게, 필리포스 군대와 싸우되 되도록 아테나이에서 멀리 떨어진 데서 싸워야 한다고 주장했다. 포키온이 이의를 제기했다.

"문제는 어디에서 하느냐 하는 것이 아니라 어떻게 하느냐는 것이오. 전쟁은, 이기면 문전에서 물러가고 지면 문 안으로 들어오는 괴물이랍니다."

얼마 후 필리포스가 사망했다는 소식이 날아들었다. 시민들이 환호성을 지르며 축제를 벌여야 한다고 주장했다. 포키온은 그런 시민들을 달랬다.

알렉산드로스는 오로지 칼로써 제왕이 되고자 한 인간은 아니었다. 그는 아무리 적이라 해도 의인을 알아볼 줄 알았다.

"이런 시점에 우리가 축제를 연다는 것은 부끄러운 일이오. 우리를 괴롭히던 군대가 장군 하나를 잃은 것에 지나지 않은데 축제는 당치 않아요."

포키온의 말이 옳았다. 필리포스가 이리였다면 후계자 알렉산드로스는 사자였다. 알렉산드로스가 테바이를 침공하자 데모스테네스가 알렉산드로스를 겨냥하고 예의 그 독설을 퍼부었다. 포키온이 그를 나무랐다.

"어리석은 사람아, 어쩌자고 저 사자를 자극해서 노여움을 사는가? 지금 저자를 자극하는 것은 저자에게 또 하나의 영광을 보태는 짓이다. 저자가 거둔 영광은 이미 충분하지 않은가? 아테나이를 불바다로 만들고 싶어서 그런 수고를 하는 것인가? 하지만 걱정 마시라. 아테나이가 아무리 망하고 싶어 해도 장군의 소임을 맡은 나는 아테나이의 소원을 들어주지 않을 것이다."

알렉산드로스는 적장인데도 불구하고 포키온을 존경했다. 페르시아의 다레이오스 왕을 쓰러뜨린 직후 알렉산드로스는 사신을 보내어 포키온에게 금 100탈란톤에 해당하는 선물을 전했다. 1탈란톤은, 한 사람의 1년 생활비쯤 되는 금액이었다고 한다. 포키온은 점잖은 말로 거절했다.

"하고많은 아테나이 시민들 중 어째서 내게만 그런 대금을 보내는가?"

"장군만이 이런 선물을 받으실 만한 분이라고 생각하시기 때문입니다."

사신들의 말에 포키온이 응수했다.

"그런 사람으로 계속해서 알아주시면 그걸로 족하다고 전하시오."

17세기 프랑스 화가 니콜라 푸생의 「포키온의 장례」. 아테나이 사람들은 집단적 자존심을 걸고 한번 내린 결정은, 시행착오로 밝혀지면 뼈저리게 후회할망정 절대로 철회하지 않았다. 소크라테스에게 죽음을 선고한 것도 바로 그런 백성들의 힘이었다.

그러나 사신들은 포키온을 따라 그의 집으로 갔다. 집으로 돌아간 포키온이 발 닦을 물을 손수 긷고, 포키온의 아내가 밀가루를 손수 반죽하는 것을 본 사신들은 이런 말을 했다.

"대왕의 친구가 이렇게 사시다니, 대왕께 수치스러운 일입니다."

히페리데스가 주화론자인 포키온에게, 아테나이 시민은 언제 전쟁을 해야 하느냐고 따지고 들었다. 포키온이 대답했다.

"젊은이들이 질서를 제대로 지킬 때, 부자들이 나라에 돈 내는 것을 망설이지 않을 때, 정치가들이 공금 횡령을 그만둘 때면 승산이 있소."

시민들이 보이오티아를 침공하면 군대에 자원하겠다고 주장하자 그가 명령했다.

"그렇다면 60세 이하의 모든 시민은 5일분의 군량을 준비하고 따르시오."

무리한 명령에 시민들이 기절초풍하는 눈치를 보이자 그가 말을 이었다.

"내 나이 이제 겨우 여든이오. 내가 여러분을 지휘하겠소."

죽음으로써 가르치다

여든다섯까지 국가에 봉사하고도 그는 정적의 모함에 걸려 사약을 받았다. 그의 아내가 외로이 화장장으로 숨어들어 뼈를 거두고 치마폭으로 싸서 자기 집 화덕에 묻고는 아테나이가 제정신을 차리는 날, 남편의 명예가 회복되는 날이 오기를 기도했다.

포키온의 죽음은, 그보다 약 두 세대 앞선 철학자 소크라테스의 죽음과 더불어 아테나이인들 가슴에 죄의식의 깊은 상처를 남겼다. 아테나이인들

니콜라 푸생의 「포키온의 재가 있는 풍경」. 반역자로 몰려 사형당한 포키온의 재는 길에 버려졌다. 아무도 치우지 못하도록 했지만 포키온의 아내가 몰래 거두고 있는 모습이 보인다. 아내의 기도가 이루어진 것일까? 얼마 지나지 않아 아테나이인들은 그를 기리기 위해 국민장을 치르고 동상을 세울 것을 법령으로 정했다.

은 과오를 범할 때도 신속하지만 제정신을 차리는 데도 비슷한 면모를 보인다. 기도는 곧 이루어졌다.

소크라테스가 사랑한 남자
알키비아데스

독특한 발음을 구사한 알키비아데스

기성세대에 속하는 한 일본인으로부터 이런 말을 들은 적이 있다.

"요즘 애들이 일본어 발음하는 걸 듣고 있으면 닭살이 되고는 해요. 불필요하게 혀를 꼬고 굴려서……."

무슨 말인가 들어 보았더니 '와쓰레라레나이, 아나타노 고코로(잊히지 않아요, 당신의 마음)' 하면 될 것을, 일부 가수들이 이걸 '와쓸렐랄레나이, 아나트하노 고콜로' 한다는 것이다. 말하자면 일본어에는 'R'에 해당하는 설전음(舌顚音)이 있을 뿐, 'L'에 해당하는 설측음(舌側音)이 없는데도 있는 것처럼 혀를 꼬고 굴린다는 것이다. 일본어에는 설측음이 없기 때문에 '처칠'은 '짜찌루'가 되고 '맥도널드'는 '마구또나루또'가 된다. 하지만 일본 고전극에도 그런 발음법이 등장하는 예가 있는 만큼 그 일본인의 말이 전적으로 맞는 말인 것만은 아니다. 필자는 "닭살이 될 만도 하네요." 하고는 웃었다. 필자가 웃었던 것은 2400년 전의 그리스 정치가 알키비아데스가 생각났기 때문이다.

알키비아데스는 'R'을 'L'처럼 발음해서 듣는 사람들을 근지럽게 했다는 기록이 있다. 말하자면 '테오로스(Theoros)'를 '테올로스(Theolos)'라고 했다는 것이다. 부러 멋을 내려고 그랬는지 아니면 구강 구조가 그렇게 되어 있어서 그렇게밖에는 발음할 수 없었는지는 모르겠지만 하여튼 당시 사람들의 귀에는 퍽 거슬렸겠다.

알키비아데스는, 아테나이를 지금의 모습으로 꾸민 위대한 정치가 페리클레스의 뒤를 이어 아테나이 정치와 군사를 주무르던 정치가이자 군인이다. 하지만 그는 정치적, 군사적 업적보다는 교묘한 수사(修辭)와 철학자 소크라테스와의, 우정보다는 애정에 더 가까운 '기이한 사랑'으로 더욱 유명한 사람이다.

부유한 가문 출신의 알키비아데스는 잘생긴 외모에 기지가 넘쳐 아테나이의 뭇 남성들의 마음을 사로잡았다고 한다.

남다른 경쟁심과 명예심

알키비아데스는 어린 시절부터 지기를 싫어하는 아이였던 것 같다. 씨름을 하다가 상대가 힘에 부치자 알키비아데스는 상대의 팔을 물어뜯으려고 했다. 상대가 소리쳤다.

"알키비아데스, 너 계집아이처럼 물어뜯을 거야?"

그러자 알키비아데스가 응수했다.

"아니. 사자처럼 물어뜯을 거야."

어린 알키비아데스가 길에서 동무들과 주사위 놀이를 하고 있는데 수레가 다가왔다. 마침 알키비아데스가 주사위를 던질 차례였다. 알키비아데스는 수레 모는 사람에게, 조금만 지체해 줄 것을 부탁했다. 하지만 수레 모는 사람은 수레를 세우지 않았다. 동무들은 일제히 길에서 비켜섰다. 하지만 알키비아데스는 수레 앞에 벌렁 드러누우면서 수레 모는 사람에게 외쳤다.

"자, 지나갈 테면 지나가 봐요."

초급 교육을 받고 있을 당시의 알키비아데스는 교사의 말을 비교적 잘 듣는 학생이었다. 하지만 음악 시간에 피리를 부는 것만은 한사코 거부했다. 교사가 거부하는 까닭을 설명해 보라고 하자 알키비아데스는 이렇게 대답했다.

"피리를 불면 얼굴이 뒤틀려 누군지 알아볼 수 없게 되잖아요? 이건 자유인이 할 일이 아니죠. 게다가 뤼라는 뜯으면서 노래라도 부를 수 있지만 피리를 불면 노래도 부를 수가 없잖아요?"

음악가들에게는 매우 미안한 일이지만 고대 그리스인들은 음악을 사랑하면서도 음악가는 살짝 경시했던 것 같다. 피리 불기를 싫어하던 아이들이

고대 그리스 아테나이의 어린이들은 8세에서 16세까지는 사설 음악 학교와 공공 체육 학교에 다니면서 읽기, 쓰기, 셈하기와 현악기, 피리 다루는 법을 배웠으며, 체조 및 운동 경기 훈련을 받았다.

알키비아데스를 떠받들었던 것은 물론이다. 아이들은 알키비아데스를 칭송했다. 이로부터 오래지 않아 피리 불기는 자유인의 필수 예능 과목에서 자취를 감추었다.

소년 시절 알키비아데스가 한동안 자취를 감춘 적이 있다. 무엇 때문에 그랬는지는 알려져 있지 않지만 하여튼 그는 친구 집에 한동안 숨어 있지 않으면 안 되었던 모양이다. 신고를 접수한 민회(民會)가 대대적인 조사를 벌이려고 했을 때, 정치가 페리클레스가 남긴 유명한 말이 있다.

"대대적인 조사요? 좋지요. 하지만 득 될 게 별로 없을걸요. 녀석이 죽었다면 시체를 하루쯤 일찍 찾게 되기야 하겠죠. 하지만 녀석이 살아 있다면 녀석에게 일생일대의 창피를 안기게 되는 일이기도 하지요."

소크라테스도 흠모한 미인

청년 시절의 알키비아데스는 명사(名士)들의 꽃이었다. 당시 그리스에는, 명사라면 미소년을 하나쯤 곁에다 두고 사랑하는 풍습이 있었다. 많은 명사들이 청년 알키비아데스의 아름다운 육체를 찬양했지만 20년 연상의 철학자 소크라테스만은 달랐다. 소크라테스는 알키비아데스가 태어나면서 부여받은 뛰어난 덕성과 소양을 사랑했다. 알키비아데스에 대한 소크라테스의 사랑은 '에로스', 즉 육

알키비아데스는 소크라테스에 대해서 질투와 선망이 교차할 정도의 애타는 심정을 토로하고는 했다. 소크라테스는 당시의 명사들이 그랬던 것과 달리, 알키비아데스의 육체가 아닌 타고난 덕성과 소양을 사랑한다고 주장했다.

알키비아데스는 문란한 사생활과 무도함, 정치적 야망을 숨기지 않고 드러내는 성격으로 아테나이 시민들에게 두려움을 안겼다. 18세기 프랑스 화가 장 밥티스트 르뇨 남작의 그림 「쾌락의 팔 안에서 알키비아데스를 끌어내는 소크라테스」. 파리 루브르 박물관 소장.

체적인 사랑이 아니다. 뒷날 '플라토니즘'이라고 불리게 되는 정신적 연애 감정이다. 소크라테스는 이것을 '안테로스', 즉 '반(反) 에로스적 사랑'이라고 불렀다. 소크라테스가 알키비아데스에게 보이는 이러한 태도를 두고 스토아학파에 속하는 클레안테스가 조롱한 말이 있다.

"뭇 명사들이 알키비아데스의 사지(四肢)를 주무르고 있을 동안 소크라테스는 알키비아데스의 귀를 잡고 놀았다."

호메로스의 저 유명한 『일리아스』와 『오뒤세이아』와 관련된 에피소드도 흥미롭다. 알키비아데스가 호메로스의 책을 빌리러 어느 교사를 찾아갔을 때의 이야기다.

"내게는 호메로스의 책이 한 권도 없다."

교사가 이렇게 말하자 소년 알키비아데스는 당돌하게도 주먹으로 교사를 갈기고는 태연하게 돌아섰다. 어른들이 나무라자 알키비아데스가 역시 태연하게 응수했다.

"호메로스를 한 권도 안 가지고 교사 노릇을 하고 있다니 맞아도 싸요."

이 에피소드를 잘 알고 있던 어느 교사가 알키비아데스에게 이런 말을 했다.

"내 것을 빌려 가려무나. 내게는 내 손으로 수정하고 주(註)를 놓은 호메로스가 있으니……"

그러자 알키비아데스가 이 교사를 힐난했다.

"호메로스를 수정하고 주를 놓을 수 있는 분이 겨우 아이들에게 읽기와 쓰기나 가르치고 있다니 말이 됩니까? 청년들을 가르치세요. 호메로스를 수정하고 주를 놓을 수 있는 분은 마땅히 청년들을 가르쳐야 합니다."

정치적 풍운아

정치가로 입신해 있을 당시 알키비아데스의 집에는 아주 잘생긴 개가 한 마리 있었는데 알키비아데스가 어느 날 이 개의 꼬리를 잘라 버리게 했다. 며칠 뒤 친구들이 알키비아데스에게 이런 말을 했다.

"아테나이 시민들이 꼬리 잘린 개를 가엾게 여기고 있네. 어쩌자고 그런 짓을 했는가?"

소크라테스가 사랑할 정도로 뛰어난 덕성과 소양을 타고났지만, 매우 '정치적인' 인물이기도 했던 알키비아데스는 훗날 펠로폰네소스 전쟁에서 조국 아테나이를 배신하여 패배로 이끈 장본인이었다.

알키비아데스가 히죽히죽 웃으면서 대답했다.

"보라고. 개 꼬리 자른 알키비아데스를 욕하느라고 정치가 알키비아데스를 욕할 겨를이 없지 않은가?"

알키비아데스의 조국 아테나이는 스파르타와 앙숙이었다. 알키비아데스가 스파르타를 강공하자는 의견을 내놓자 누군가가 이렇게 귀띔했다.

"너무 그러지 마세요. 아테나이인들이 당신을 삼킬지도 모릅니다."

알키비아데스가 응수했다.

"아테나이가 나를 삼키면 다리부터 천천히 삼키겠지만 스파르타에 걸리면 뼈도 못 추립니다. 머리부터 단숨에 삼킬 테니까요."

불운한 정복자
퓌로스

동시대의 가장 뛰어난 장군으로 칭송받은 퓌로스

로마 제국의 성립은 과연 인류사적 대사건이라고 할 수 있을까?

어디 한번 따져 보자. 서양 문화의 두 기둥이 무엇인가? 유대 문화인 헤브라이즘과 그리스 로마 문화인 헬레니즘이다. 오늘날의 세계 문화는 누가 주도하고 있는가? 서양 문화가 주도하고 있다는 것을 부정하기 어렵다. 오늘날의 언어문화는 어떤 언어가 주도하고 있는가? 라틴어를 그 뿌리로 하는 서양의 언어가 주도하고 있다는 것을 부정하기 어렵다. 따라서 로마 제국의 성립을 인류사적 대사건이라고 부르는 것은 가능하다.

그렇다면 로마 제국을 성립시키는 데 계기가 된 사건은 무엇인가? 포에니(포이니키아인을 상대로 한) 전쟁이다. 로마가, 아프리카의 최강국 카르타고를 상대로 치른 포에니 전쟁이다. 포에니 전쟁에서 승리한 뒤에야 로마는 지중해의 절대 강자로 떠오르게 되고 결국 지중해를 '마레 노스트룸', 즉 '우리 바다'라고 부를 수 있게 된다.

그렇다면 포에니 전쟁 역시 인류사적인 대사건이라고 할 수밖에 없다. 포에니 전쟁의 승자인 로마의 스키피오 장군과 패자인 카르타고의 한니발은 세계사 인물 기행에서 빠질 수 없다. 포에니 전쟁의 승자와 패자를 기행하기에 앞서 우리가 만나 보아야 할, 눈 밝고 그릇이 큰 영웅이 한 사람 있다. 실패한 영웅 퓌로스가 바로 그 사람이다.

당대의 그리스 역사가 안티고노스에게 사람들이 물었다.

"전략가와 장군으로서의 수완과 능력을 두고 볼 때 가장 위대한 우리 시대의 장군이 누구라고 생각하십니까?"

그러자 안티고노스가 대답했다.

"단연 퓌로스라고 할 수 있지요. 퓌로스가 오래만 살아 준다면 말이지만⋯⋯."

포에니 전쟁이 끝나고 나서 몇 년 뒤, 승자인 스키피오와 패자인 한니발이 그리스의 로도스 섬에서 만난 일이 있다. 12년 연하인 승자 스키피오가 패자 한니발에게 정중하게 물었다.

"한니발 장군, 장군께서는 누가 우리 시대의 가장 뛰어난 장군이라고 생각하십니까?"

"마케도니아의 알렉산드로스 대왕이지요. 수적 열세를 무릅쓰고 페르시아의 다레이오스를 무찔렀을 뿐 아니라, 상상하기 어려울 만큼 드넓은 땅을 정복한 업적은 참으로 위대한 것이었지요."

한니발은 생각할 것도 없다는 듯이 대답했다.

"그렇다면, 두 번째로 위대한 장군은 누구라고 생각하십니까?"

"에페이로스의 퓌로스 왕이지요. 퓌로스는 병법(兵法)의 대가였어요. 게다가 전투에서 차지하는 숙영지(宿營地)의 중요성을 처음으로 인식한 선각자이기도 하고요."

한니발은 이 물음에도 망설이지 않고 대답했다.

스키피오가 또 물었다.

"그렇다면 세 번째로 위대한 장군은 누구입니까?"

"물론 그대 앞에 앉아 있는 이 한니발이지요."

세 번째 질문에도 한니발은 서슴없이 대답했다. 스키피오가 누구던가? 자마 전투에서 한니발의 무릎을 꿇린 장군이 아니던가?

"하지만 장군께서는 이 스키피오에게 패하시지 않았습니까?"

"만일에 내가 자마 전투에서 그대를 이겼다면 퓌로스와 알렉산드로스를 앞질러 이 시대의 가장 위대한 장군이 되었을 것이오."

한니발이 이토록 칭송했던 퓌로스는 마케도니아와 인접해 있던 작은 왕국 에페이로스의 왕이었다. 열렬한 알렉산드로스 숭배자였던 퓌로스는 알렉산드로스가 요절한 직후에 에페이로스의 왕위에 올랐다. 퓌로스의 그릇

둘째가라면 서러울 정도로 병법에 뛰어났던 퓌로스는 많은 전투에서 승리를 거두었지만, 이기고도 병력을 많이 잃어 몰락하고 만다. 17세기 프랑스 화가 니콜라 푸생의 「퓌로스의 구출」. 파리 루브르 박물관 소장.

크기를 짐작하게 하는 에피소드가 여럿 전해지고 있다.

한 장군이 퓌로스를 찾아와 이런 말을 했다.

"암브라키오에는 전하를 험담하는 자가 있습니다. 아무래도 국외로 추방해야 할 것 같습니다."

퓌로스가 그 말에 이렇게 응수했다.

"내버려 둬요. 나라 안에서 욕하는 게 낫지, 밖을 나다니면서 욕하게 해서야 되겠어요?"

병사들 몇 명이 술을 마시면서 퓌로스 왕을 험담하다가 왕의 경호병들에게 붙잡혀 왔다. 왕이 물었다.

"나를 욕했다는 게 사실이냐?"

그러자 병사 하나가 대답했다.

"사실입니다, 전하. 다행히도 이렇게 붙잡혀 왔으니 망정이지 더 마셨더라면 훨씬 심한 욕도 했을 것입니다."

퓌로스 왕은 한 차례 껄껄 웃고는 술 취한 병사들을 풀어 주었다.

퓌로스의 휘하에는 키네아스라고 하는 현자가 있었다. 퓌로스는 키네아스의 사람 됨됨이에 대해서 사람들에게 이런 말을 곧잘 했다고 한다.

"내게는 무력으로 얻은 도시보다 키네아스의 말로 얻은 도시가 더 많아요. 내게 한 가지 업적이 있다면 그것은 키네아스를 얻은 것이랍니다."

퓌로스의 승리

로마가 강국으로 떠오르기 전의 일이다. 퓌로스가 이탈리아 원정을 준비하고 있을 때였다. 키네아스가 퓌로스에게 물었다.

"전하, 로마인들은 싸움질에 능해서 주위의 나라들을 하나씩 정복하고 있다고 합니다. 만일 전하께서 로마를 정복하신다면 어떻게 하시겠습니까?"

"우리가 로마를 정복한다……. 그렇다면 이탈리아 반도가 우리 것이 될게 아닌가?"

"이탈리아 반도를 점령하신 다음에는요?"

"반도 남단에는, 풍요하기로 소문난 시칠리아 섬이 있지 않은가?"

"시칠리아를 정복하면요? 그러면 전쟁은 끝나는 것입니까?"

"시칠리아를 손에 넣고도 지척에 있는 카르타고를 그대로 둘 정복자가 어디 있겠는가?"

"좋습니다. 그 많은 나라를 다 정복한 다음에는요?"

"편히 좀 살아 보아야 하지 않겠나? 먹고 마시고 떠들어 대고 하면서."

키네아스는 그제야 하고 싶던 말을 꺼냈다.

"전하가 차지하고 계시는 땅도 넓어서, 먹고 마시고 떠들어 대는 데 부족할 것이 없습니다. 피도 흘릴 만큼 흘렸습니다. 무엇을 더 바라십니까?"

퓌로스와 키네아스의 대화가 놀라운 것은 퓌로스가 뒷날 로마와 카르타고 간의 포에니 전쟁을 정확하게 예견하고 있기 때문이다. 말하자면 퓌로스는 그로부터 100년 뒤에 진행될 로마의 남진 야욕을 정확하게 짚어 내고 있었던 것이다. 로마의 남진 야욕은 곧 포에니 전쟁의 도화선이 된다.

키아네스가 그렇게 만류했음에도 퓌로스는 이탈리아 반도로 쳐 내려가 이탈리아 반도라는 이름의 장화 뒤축에 해당하는 타란툼을 거쳐 시칠리아까지 진출했다. 퓌로스는 전쟁사상 맨 처음 코끼리 부대를 앞세우고 이탈리아를 짓밟은 장군이다. 하지만 퓌로스의 시칠리아 진출은 뒤끝이 좋지 않았다. 퓌로스의 개혁 정책이 심각한 도전에 직면한 것이다. 퓌로스는 군대를 물릴 수도, 도전에 응전할 수도 없는 지경에 몰려 있을 때마침 타란툼으로부터 구원 요청을 받았다. 로마인의 공격에 타란툼이 떨어질 지경에 처해 있다는 긴급 구원 요청이었다. 퓌로스는 '난파선이 육지를 보고 서둘듯이' 그렇게 황망하게 시칠리아를 떠나면서 이런 말을 남긴 것으로 전해진다.

"로마인과 카르타고인에게 좋은 싸움터를 남겨 두고 떠나는구나."

그로부터 약 100년 뒤, 로마와 카르타고는 시칠리아 섬을 사이에 두고 약 100년 동안 포에니 전쟁을 치르게 되니 퓌로스가 얼마나 눈 밝은 사람이었는가? 그의 시칠리아 진출 경로가 로마의 남진 경로, 알프스를 넘어 이탈리아로 진출한 한니발의 남진 경로와 일치하는 것은 또 얼마나 놀라운 일인가?

승리하고도 얻은 것이 없는 비운의 정복자 퓌로스. '퓌로스의 승리'는 진 것이나 다름없는 승리를 일컫는 말로 인구에 회자된다.

물의 철학자
탈레스

자연 철학의 시조, 탈레스

"사대(四大)가 본래 공(空)한 것이니……. 소승(小僧)이 보기에는 한 법(法)도 얻은 바가 없습니다."

고은 시인의 소설 『선(禪)』에 나오는 말이다. 달마대사가 세상을 떠나기 직전, 제자들에게 그동안 배운 바를 속히 말해 보라고 명하는데 이 명을 받고 도육이라는 제자가 한 대답이다.

'사대'가 무엇인가? 불교에서 일체 만물을 구성하고 있는 것으로 믿어지는 지수화풍(地水火風), 이 네 요소를 말한다. 도육은 따라서 이 말로써 일체 만물을 구성하는 요소까지도 철저하게 부정해 버리는데, 선은 바로 이

절대부정에서 피어난 꽃이라고 할 수 있다.

서양의 옛사람들은 만물의 근원이 무엇이며 만물은 무엇으로 구성되어 있는 것으로 보았을까? 만물의 근원과 구성 요소에 처음으로 눈을 돌린 사람은 고대 그리스의 철학자 탈레스다. 탈레스는 물을 만물의 근원이자 만물의 공유하는 구성 요소라고 믿었다. 헤라클레이토스와 아낙시메네스는 조금 다른 주장을 한다. 헤라클레이토스에 따르면 만물의 근원은 불, 아낙시메네스의 주장에 따르면 만물의 근원은 공기다. 서로 다른 이 여러 가지 주장을 최초로 통합한 사람은 기원전 5세기의 철학자 엠페도클레스다. 엠페도클레스에 이르러서야 만물의 근원이 '지수화풍'이라는 주장이 등장한다. 말하자면 이때에 이르러 비로소 서양 철학에 이른바 '네 가지 구성 요소', 즉 사대 개념이 등장하는 것이다. 이 사대 개념은 데모크리토스에 이르면 '원자론'으로 발전한다. 데모크리토스의 주장에 따르면, 만물은 지수화풍으로 이루어져 있는 것 같지만 사실은 우리 눈에는 보이지 않는 작은 알갱이로 이루어져 있으니 그 알갱이가 바로 '원자'라는 것이다. 만물의 근원과 구성 요소에 대한 이러한 탐색은 소크라테스에 이르면 영원불멸의 진리 찾기에 힘쓰고 삶에 대해 이성적으로 접근하는 방향으로 가파른 기울기를 보이게 되는데 '형이상학(形而上學)'은 이렇게 해서 태동한다.

노총각 탈레스

탈레스는, 하늘의 별을 관찰하면서 걷다가 우물에 빠진 것으로도 유명한 철학자다. 하녀가 그런 탈레스에게, 하늘 일 걱정도 좋지만 발밑 걱정도 좀 하라고 핀잔을 주었다는 일화는 너무나 유명하다.

탈레스는 그리스 본토 사람이 아니라 지금의 터키 지방인 밀레토스 사람이다. 그리스의 육로는 북쪽으로만 열려 있지만 밀레토스는 광대한 고대 페르시아 쪽으로 열려 있다. 기원전 6~7세기경, 밀레토스는 에게 해 연안의 가장 선진(先進)하는 문화 도시였다.

탈레스는 청년기에 들면서부터 이집트와 페르시아는 물론 소아시아의 여러 나라를 여행하면서 그 지역의 과학적인 발명과 발견의 성

탈레스의 고향 밀레토스에 있는 아폴론 신전. 그리스 쪽으로 닫혀 있는 대신 페르시아 쪽으로 열려 있던 덕분에 밀레토스는 아시아의 철학을 흡수, 고대의 대표적인 철학의 도시가 될 수 있었다.

과나 철학적 사유를 받아들였다. 그가 긴 여행에서 귀국하자 어머니는 결혼 적령기에 든 아들에게 결혼할 것을 채근했다. 그럴 때마다 그는 이렇게 대답했다.

"아직 때가 되지 않았어요."

이렇게 미적거렸으니 노총각이 되었을 수밖에 없다. 노총각이 된 뒤로는 결혼 채근을 받을 때마다 이렇게 말을 바꾸어 했다.

"이제 때가 지났어요."

왜 자식을 두지 않느냐는 질문을 받을 때는 이렇게 대답했다.

"자식을 지나치게 사랑하니까."

탈레스는 '현자(賢者)'라고 불리던 아테나이 정치가 솔론과 함께 고대 그리스의 칠현자(七賢者)로 불린다. 현자 솔론은 철학자 탈레스를 만나러 아테나이에서 멀리 밀레토스까지 간 일이 있다. 탈레스는 물론 독신으로 살고 있었다. 그런데 가정을 가진 솔론에게는 나이 든 남자가 독신으로 살고 있는 것이 몹시 안타까웠던 모양이다. 솔론은 2년 연하인 탈레스에게 결혼 생활이 얼마나 편리한지 납득시키고자 했다. 탈레스는 편리의 체험이 없어서 불편을 모른다고 대답했을 뿐, 독신 생활의 좋은 점을 굳이 설명하려 들지는 않았다. 그런데도 솔론은 탈레스에게 결혼을 강권하다시피 했다.

솔론이 탈레스의 집에 머문 지 두어 달 지났을 때의 일이다. 그 집으로, 아테나이에서 왔다는 한 나그네가 찾아들었다. 고향 소식이 궁금했던 솔론은 나그네에게 아테나이 소식을 물었다. 그러자 나그네가 대답했다.

"별일은 없고요, 한 젊은이의 장례식이 있었는데⋯⋯. 누구 아들이라더라. 하여튼 굉장한 명망가의 자제분이라 시민 모두가 조문을 했답디다. 아버지라는 양반은 집에 없었고요."

"어디 가고 집에 없었답니까?"

"장기 여행 중이라지요, 아마."

"자식 앞세우는 줄도 모르고 여행 중이라니, 참 한심한 양반이구나! 그런데 그 양반 이름이 뭐랍디까?"

"'현자'라는 별명으로 불린다고 합디다만⋯⋯. 들었는데 잊었습니다."

솔론의 표정이 어두워지기 시작했다. 한동안 나그네 눈치만 살피던 솔론이 대단히 근심 어린 얼굴을 하고는 다시 물었다.

"혹시 여행 중인 양반 이름이 솔론이라고는 않습디까?"

나그네가 무릎을 치고는 그렇다고 대답했다. 솔론은 자기의 부재중에 세상 떠난 아들 생각에 머리카락을 쥐어뜯으면서 울부짖기 시작했다. 나그네는 민망스러웠던지 자리를 떴다. 솔론이 한동안 그렇게 울부짖고 있는데 탈레스가 들어와서 이런 말을 했다.

"솔론이여, 내가 결혼을 않고 자식을 기르지 않는 까닭을 알겠어요? 보세요, 그대같이 강한 인간도 자식의 죽음을 이렇듯이 견디기 어려워하지 않는가요? 이제 내가 왜 혼자 살고 있는지 아시겠지요? 하지만 걱정 마세요. 다 내가 꾸며 낸 일이니⋯⋯. 아까 그 나그네, 사실은 내 집 하인이랍니다."

솔론은 이날 이후로는 탈레스 앞에서 '결혼', '자식' 같은 말은 꺼내지 못했을 터이다.

하녀로부터, 하늘 일 걱정도 좋지만 발밑 걱정도 좀 하라는 핀잔을 받았다는 사실만으로 탈레스를 무능한 사내로 평가하는 데는 무리가 있다. 탈레스는 과학과 철학에만 관심이 있을 뿐 생활인으로는 반거충이에 가까운 사람은 아니었던 모양이다. 하녀로부터 핀잔을 받은 직후 탈레스는 밀레토스의 올리브 압착기라는 압착기는 모조리 매점 매석해 버린 적이 있다고 한다. 압착기 값이 천정부지로 솟았음은 물론이다. 탈레스는 무능한 생활인이라는 누명을 벗고 싶어서, 자기도 재물 모을 생각이 있으면 얼마든지 모을 수 있다는 것을 보여 주고 싶어서 그런 짓을 했던 모양인데, 이런 매점 매석 행위는 지방에서 서울로 올라오던 제수 용품을 매점 매석해서 떼돈을 벌었다는 우리나라 고전 소설의 주인공 허생(許生)을 떠올리게 한다.

단 하루 만에 피라미드의 높이를 재다

탈레스의 과학적 업적 중에서 가장 두드러지는 것은 피라미드에 올라가지 않고도 피라미드의 높이를 측정한 일이다. 그의 피라미드 높이 재기는 알라누스 데 인술리스의 저 유명한 시구 "이 세상 만물은 책이며 그림이며 또 거울이다."를 상기시킨다. 탈레스는 먼저 피라미드 그림자의 길이를 재었다. 그러고는 그 옆에다 기둥을 하나 세운 후 그 그림자의 길이를 잰 다음, '피라미드 그림자 길이 : 기둥 그림자 길이 = 피라미드 높이 : 기둥의 높이'라는 수식을 만들고 이로써 피라미드의 높이를 알아낸 것이다. 자연이 책이며 그림이며 거울이었던 탈레스에게 피라미드의 높이를 재기 위해 피라미

기둥 하나로 피라미드에 오르지 않고도 그 길이를 잰 탈레스는, 일식이 일어날 것을 정확히 예측한 것으로도 유명하다. 또한 소크라테스가 말했다고 전해지는 '너 자신을 알라.'도 탈레스가 먼저 한 말이라고 한다.

드에 오를 필요는 없었던 것이다.

탈레스가 '만물의 근원은 물'이라고 주장한 일은 지극히 사소해 보인다. 하지만 탈레스의 '물'은 헤라클레이토스의 '불', 아낙시메네스의 '공기', 엠페도클레스의 '지수화풍', 데모크리토스의 '원자'로 깊어지면서 마침내 형이상학의 도화선이 되었다. 시작은 미약했으나 끝은 이토록 창대하다.

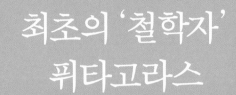

최초의 '철학자'
퓌타고라스

철학자, 앎 혹은 지혜를 사랑하는 사람

기원전 6세기 전후의 그리스인과 로마인들은 '윤회 사상'을 이해하고 있었을까? 이해하고 있었다. 증거가 있다. 1세기의 로마 작가 오비디우스는 신화 모음 『변신 이야기』에서 한 '사모스 사람'이 했다는 다음과 같은 주장을 직접 화법으로 전하고 있다.

"……나는 내 전생(前生)을 기억합니다. 트로이아 전쟁 당시 나는 파토오스의 아들 에우포르보스였습니다. 이 전쟁에서 나는 불행히도 아트레우스의 둘째 아들 메넬라오스의 창을 가슴에 맞고 죽었지요. (헤르모티모스로 환생한 나는) 근자에 아르고스에 있는 헤라 신전에 가 본 적이 있습니다. 내가 왼손에 들고 다니던 방패는 거기에 보관되어 있더군요. 나는 물론 그 방패를 알아볼 수 있었지요……."

이 '사모스 사람'은 누구인가? 오비디우스는 밝히고 있지 않지만 이 사람의 이름이 바로 퓌타고라스다. 저 그리스의 철학자이자 수학자 퓌타고라스인 것이다. 퓌타고라스는 '철학자'라는 말을 처음으로 쓴 사람이기도 하다. 도시 국가 플리우스의 왕으로부터, 대체 무엇을 하는 사람이냐는 질문을 받았을 때 퓌타고라스는 이렇게 대답했다.

"'필로소포스(philosophos)'올시다."

'필로(philo)'는 '애호가'라는 뜻, '소포스(sophos)'는 '앎' 혹은 '지혜'라는 뜻이다. 다시 말하면 '앎 혹은 지혜를 사랑하는 사람', 곧 철학자라는 뜻이다. 이 말은 '철학(philosophy)'이라는 말로 오늘날까지 고스란히 남아 있다. 박사 학위를 뜻하는 'Ph. D'는 이 그리스어가 라틴어로 전화(轉化)한 'Philoshophiae Doctor'를 줄인 말이다. 하지만 이 때의 학위는 신학을 제외한 인문학 제 분야를 의미하는 것이지, 좁은 의미에서의 철학 박사 학위에 국한되는 것은 아니다.

만물의 근원을 수(數)라고 말한 철학자 퓌타고라스.

전생을 기억하는 퓌타고라스

퓌타고라스는 수학자이며 동시에 윤회설을 주장하여 육식을 금한 채식주의자이다.

각설하고, 퓌타고라스는 어떻게 전생을 기억할 수 있게 되었는가? 끼워 맞추기 좋아하는 그리스 신화는 그 내력을 이렇게 설명한다.

헤르메스 신에게는 아이탈리데스라는 아들이 있었는데 이 아들이 무던히도 신통한 일을 했던 모양이다. 신은 아들에게 물었다.

"너는 인간인 만큼 영생 불사할 수는 없는 일이다. 영생 불사하고 싶다는 것 하나만 빼고 소원을 하나 말하여라. 반드시 들어주겠다."

아버지의 말에 아이탈리데스는, 죽어서 '레테(망각)'의 강을 건너도 이승의 삶을 기억할 수 있는 능력을 베풀어 달라고 했다. 아이탈리데스가 죽었다가 환생해도 전생의 일을 잊지 않고 기억하는 것은 헤르메스가 이 소원을 이루어 주었기 때문이라는 것이다. 그렇다면 레테의 강은 무엇인가?

신화시대의 그리스인들 생각에 따르면, 인간은 전생의 일을 기억할 수 없다. 뿐만 아니라 저승에 간 인간도 이승의 일을 기억할 수 없다. 신화시대의 그리스인들 중에는 저승을 다녀온 인간, 혹은 신인(神人)들이 더러 있기는 하다. 영웅 헤라클레스, 테세우스, 오뒤세우스, 아이네이아스, 그리고 가인(歌人) 오르페우스가 바로 이들이다. 그러나 이들도 저승의 일을 기억할 수는

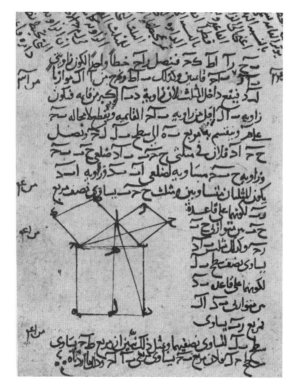

직삼각형의 세 변의 길이 사이에 'A² = B²+C²'의 공식이 성립한다. 이것에 대한 논리적 증명을 가장 먼저 한 사람이 퓌타고라스로 알려져 있기 때문에 '퓌타고르스의 정리'라 불리지만, 퓌타고라스보다 앞선 고대인들도 이 공식을 알고 있었다고 한다.

없다. 이승과 저승 사이에는 레테, 즉 망각의 강이 가로놓여 있기 때문이다. 인간이 저승에 갔다가 환생하는 수는 있어도 바로 이 망각의 강 때문에 저승의 일을 기억하지 못하는 것이다. 그런데도 퓌타고라스가 전생을 기억하고 있는 것은, 퓌타고라스의 전생인 아이탈리테스가 헤르메스 신으로부터 신통한 능력을 얻었기 때문이라고 신화는 주장한다. 하지만 과연 그런가?

퓌타고라스는 이집트 및 소아시아의 실용적인 수학을 그리스의 이론적 수학으로 확립한 수학자이자 철학자이다. 퓌타고라스 하면 가장 먼저 머리에 떠오르는 것은 '퓌타고라스의 정리'다. 그의 정리에 따르면 직각삼각형의 빗변(A)을 한 면으로 하는 정방형의 면적은 다른 두 변(B, C)을 각각 한 변으로 하는 두 개의 정방형 면적의 합과 같은데 바로 이 정리에서 'A²=B²+C²'이라는 저 유명한 공식이 탄생한다. 이 정리는 이집트인들이 네모뿔 모양의 피라미드를 세울 때 사용하던 실용적인 수식을 퓌타고라스가 정리한 것에 지나지 않는다고 한다. 퓌타고라스는 이집트는 물론 소아시아, 인도에 이르기까지 광범위하게 여행했던 것으로 알려져 있다. 뒷날 '동방 박사들'로 유명해지는 페르시아 지역의 신비주의 철학자인 '마기', 심지어는 인도의 바라문들로부터도 철학을 흡수한 것으로 알려지고 있다. 그렇다면 '윤회 사상'이 퓌타고라스의 독창적인 생각이 아니었던 것은 명백해 보인다.

'메템프쉬코시스(metempsychosis)'라고 불리던 윤회 사상은 로마 시인 베르길리우스의 서사시 「아이네이아스 이야기」에 처음으로 등장한다. 아이네이아스가 저승으로 내려갔을 때 아버지 앙키세스가 들려주는 말은 얼마나 흥미로운가? 앙키세스는, 망각의 강둑에서 기다리는 무수한 혼령을 가리키면서 이런 말을 한다.

"……저들은 나름의 근기에 따라, 전생에 지은 업보에 따라 각각 거기에 알맞은 생명으로 환생할 운명을 타고난 혼령들이니라……."

오비디우스에 따르면 퓌타고라스는, 심오한 사상으로 인간 세계에서는 아득히 먼 신들에게 다가

피타고라스의 정리는 피라미드 건축에 사용되었다.

오비디우스의 「변신 이야기」에는 퓌타고라스의 철학이 장황하게 소개되어 있다.

갔으며, 자연이 인간에게는 베푼 바 없는 그 나름의 심안(心眼)으로 사물을 볼 수 있던 사람, 수(數)가 만물의 근본 원리임을 가르친 사람, 메템프쉬코시스를 앞세워 살생을 삼가고 육식을 금할 것을 가르친 사람, 희대의 천재성과 지칠 줄 모르는 탐구의 열정으로 사물의 본질과 원리를 인식하고 이를 많은 사람들에게 가르친 사람이다. 윤회 사상과 관련된 퓌타고라스의 가르침을 옮겨 보면 다음과 같다.

"……그대들이여, 죄 많은 먹을거리로 그대들의 육체를 더럽히지 말라. 우리에게는 곡식이 있고, 가지가 휘어지도록 달린 과실이 있고, 포도 덩굴에서 부풀어 오르는 포도가 있다. 단맛이 도는 나물도 있고, 삶아 먹을 수도 있고 구워 먹을 수도 있는 야채도 있으며, 우유도 있고, 꽃향기가 도는 꿀도 있다. 대지는 그대들에게 죄 없는 식물을 얼마든지 베풀어 주고 있고, 도살하지 않고도 피를 보지 않고도 먹을 수 있는 잔칫상을 얼마든지 차려 내고 있다. 고기로 배를 불리는 것은 짐승들뿐이지만 짐승이라고 해서 다 고기를 먹고 사는 것은 아니다. ……왜 저승을 두려워하는가? 빈이름뿐인 어둠의 땅, 시인의 망상에나 존재하는 땅, 이 세상에는 존재하지 않는 이 땅을 왜 그렇게 두려워하는가? 육체라는 것은 화장터에서 재로 화하건, 땅속에서 오랜 세월 썩어 없어지건, 한번 없어지면 영원히 사라진다. 그러나 영혼은 영원하다. 이 영혼이라는 것은, 원래 있던 곳을 떠나면 다른 집을 찾

아 들어가 거기에 다시 거한다. 영
혼은 사람의 육체에 깃들어 있다
가 짐승의 육체에 깃들기도 한다.
변하는 것이 있을 뿐, 없어지는 것
은 하나도 없다. 영혼은 이리저리
방황하다가 알맞은 형상이 있으면
거기에 깃든다.(따라서 살생은 살인
이나 다를 바가 없다.)"

서양 문학사상 가장 뛰어난 서사시 중 하나인 「아이
네이아스 이야기」는 베르길리우스가 죽기전 11년
동안 쓰인 것으로 완성되지는 못했다.

영원을 향하여

퓌타고라스는 자기 모습을 드러
내지 않았던 철학자로 유명하다.
그의 제자들 중 스승의 모습을 본 사람이 거의 없었던 것으로 전해진다. 그
는 또 제자들에게 질문을 용납하지 않은 것으로도 유명하다. 제자들이 그
의 말을 인용할 때는 그리스어로는 '아우토스 에페(autos epe)', 라틴어로는
'입세 딕시트(ipse dixit)', 즉 '그 어른께서 가로되', 이 말을 덧붙이면 불변의
진리로 통했다고 한다. '아우토스 에페'는, 제자들이 부처의 말씀을 기록하
면서 쓴 '여시아문(如是我聞)', 즉 '나는 그분이 이렇게 말씀하시는 것을 들
었다'를 상기시킨다.

19세기 영국의 고전학자 에드워드 포코크는 고대의 산스크리트 문화가
고대 그리스 문화의 모태가 되었다고 주장한 것으로 유명한 사람이다. 그의

이탈리아 르네상스기의 화가 라파엘로가 그린 「아테
나이 학당」에 등장하는 퓌타고라스. 한쪽 무릎을 꿇
은 채 책에다 무언가를 열심히 적고 있다.

저서 『그리스 속의 인도』가 마지막 장을 퓌타고라스의 행적에 할애하고 있을 정도다. 그는 퓌타고라스 철학의 씨앗이 인도 철학에서 싹튼 것으로 확신한다는 주장과 함께 퓌타고라스라는 이름을 다음과 같이 풀어낸다.

"퓌타고라스의 그리스 이름은 '퓌타 고라스', 영어 이름은 '파이테거래스', 산스크리트어 이름은 '붓다 구루스'이다. 그가 누구인가? 결국 '영적인 스승 붓다'가 아닌가."

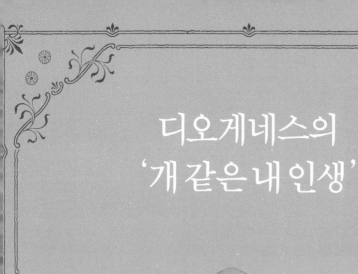

디오게네스의
'개 같은 내 인생'

소유를 버리고 자유를 산 철학자

무서운 세력가 초왕(楚王)이 장자(莊子)에게 사신들을 보냈다. 그때 장자
는 복강(濮江)에 낚싯대를 드리우고 있었다. 사신들이 장자에게 말했다.

"초나라로 가실 준비를 하시지요. 초왕께서 나라를 맡기시겠답니다."

장자가 그 말을 듣고는 사신들에게 물었다.

"초나라 사당(祠堂)에는 죽은 지 3000년이나 되는 거북의 껍질이 있다는
소리를 들었네. 그 거북이 말인데, 죽어서 뼈로 남아 사당에서 떠받들어지
는 걸 좋아했을 것 같은가, 살아서 진흙탕에 뒹구는 것을 좋아했을 것 같은
가?"

"그거야…… 똥밭이라도 이승이 좋다고들 하니, 그 거북 역시 진흙탕 뒹구는 것을 좋아했을 테지요."

사신들의 말에 장자가 응수했다.

"돌아들 가시게. 나 역시 진흙탕에 뒹굴고 싶으니까."

초왕의 초청을 한마디로 거절해 버린 장자에게 이 세상은 '싸우는 곳'이 아니라 '노니는 곳'이었을 터이다.

비슷한 시대를 살고 간 그리스의 철학자 디오게네스에게도 그랬다. '소유'와 '자유'는 양립이 불가능하다. 부자가 천국에 들어가기는 낙타가 바늘구멍 지나기보다 어렵다는 말은 이래서 진리 대접을 받는다. 디오게네스는 '소유'를 '자유'와 바꾼 사람이다.

그리스 본토 도시 국가의 왕들이 마케도니아 왕 알렉산드로스를 초청한 것은 기원전 336년의 일이다. 욱일승천하던 마케도니아의 군사력에 힘입어 알렉산드로스는 이 회의에서 총사령관에 선출되었다. 알렉산드로스가 왕위를 계승한 해의 일이니 그의 나이는 여전히 약관이었다.

내로라하는 정치가, 장군, 철학자들이 코린토스로 몰려와 축하 인사를 했다. 그러나 총사령관이 기다리는 사람이 따

가난을 부끄러워하지 않던 철학자 디오게네스. 그는 인생을 '퀴니코스 비오스', 즉 '개 같은 것'이라고 냉소했다.

상공에서 내려다본 오늘날의 코린토스. 코린토스는 그리스 남부 펠로폰네소스 반도의 북쪽에 있는 도시로, 이오니아 해와 에게 해를 잇는 해상 교통의 요지였다.

로 있었다. 알렉산드로스는 당시 시노페 출신의 철학자 디오게네스가 코린토스에 와 있다는 사실을 알고 있었다. 그는 디오게네스가 축하 인사를 하러 와 줄 것을 은근히 기대했다. 디오게네스를 페르시아 원정군의 군사(軍師)로 맞아들이고 싶었던 것일까? 그러나 디오게네스는 끝내 모습을 보이지 않았다. 알렉산드로스는 몸소 이 철학자를 찾아가 보기로 하고 있는 곳을 수소문해 보았다. 디오게네스가 크라네이온(운동 경기장)에서 햇살 아래 누워 게으름을 즐기고 있다는 제보가 들어왔다.

디오게네스는 지금의 토관(土管)과 그 모양이 비슷한 나무통 속에 들어

18세기 이탈리아 화가 가에타노 간돌피가 그린 「알렉산드로스와 디오게네스」.

앉아 이것을 굴리고 다녔던 것으로 전해진다. 벌건 대낮에 등불을 켜 들고 다니면서 "사람 같은 사람을 찾고 있소." 하고 외치고 다녔던 것으로도 전해진다.

하여튼 햇살 아래 누워 있던 디오게네스는 총사령관에 묻어오는 무리를 물끄러미 바라보다가 총사령관을 알아보고는 일어나 앉았다.

알렉산드로스가 정중하게 인사하고는 물었다.

"도와 드릴 일이 없겠습니까?"

디오게네스는 "있지요." 하고는 이렇게 덧붙인 것으로 전해진다.

"……햇살을 가리고 있으니까 조금만 비켜서 주시오."

알렉산드로스는 그리스 원정군 총사령관을 본 척도 하지 않는 이 철학자의 배포에 질려 다음 질문은 내어놓지도 못했다. 함께 왔던 사람들이 철인의 퉁명스러움을 비웃었지만 알렉산드로스는 그 자리에서 돌아서면서 이렇게 중얼거렸다.

"내가 만일 알렉산드로스가 아니었다면 디오게네스가 되고 싶다."

디오게네스는 조의조식(粗衣粗食), 즉 거칠게 먹고 험하게 입고 산 사람으로도 유명하다. 형편이 구차스러워 고기를 사 먹을 수 없었던 그는 값싼 푸성귀를 구해 깨끗이 씻어 먹고는 했다. 그가 시냇가에서 푸성귀를 씻고 있는 것을 본 유복한 친구 아리스티포스가 지나가다가 안타깝다는 듯이 중얼거렸다.

"고개 수그리는 법을 조금만 알아도 호의호식할 수 있는 것을……."

아리스티포스를 돌아다보면서 디오게네스가 응수했다.

"조의조식하는 법을 조금만 알면 고개를 숙이고 알랑방귀는 뀌지 않아도 되는 것을……."

'개 같은 삶'을 노래하다

디오게네스는 '퀴니코스(kynikos) 철학자'로 불린다. '퀴니코스'라는 말은 '견유철학(犬儒哲學)'을 뜻한다. '개 같은 삶'을 산 철학자들이라는 뜻이다. 이들이 이렇게 불리게 된 내력에 대해서는 여러 가지 주장이 있다. 이 학파에 속한 철학자들이 개처럼(kynikos) 떠돌면서 살았기 때문이라는 주장,

퀴니코스 학파의 뿌리가 되는 소크라테스. 알키비아데스는 소크라테스가 우스꽝스럽게 생겼다고 놀려 대고는 했지만, 허름한 차림새 속에 지혜를 가득 담고 다닌다고도 했다.

이들이 자주 모여 토론하던 장소 이름이 '퀴노사르게스(Kynosarges)'였기 때문이라는 주장, 이들이 삶을 '개 같은 것(kynikos bios)'으로 정의했기 때문이라는 주장 등이 그것이다. 어찌 되었든 이들이 오늘날 '냉소주의'라고 불리는 '시니시즘(cynicism)'의 원조(元祖)들인 것만은 분명하다. 오늘날 우리가 쓰는 '시니컬하다'는 말도 사실은 '견유철학자 같다'는 뜻이다.

퀴니코스 학파의 뿌리는 소크라테스다. 퀴니코스 학파를 세운 안티스테네스는 소크라테스의 제자 중 한 사람이다. 안티스테네스에 따르면 영혼이 이를 수 있는 지고선(至高善)은 자유다. 여기까지는 소크라테스와 별로 다르지 않다. 안티스테네스에 이르면, 이 자유에 이르기 위해서는 감정의 노예가 되지 말아야 한다. 재물이나 권력이나 명예에 구애되어서도 안 된다. 안티스테네스의 제자인 디오게네스가 알렉산드로스 대왕의 추파를 간단하게 거절할 수 있었던 것은 바로 권력이나 명예가 자유를 누리는 데 걸림돌이 되리라는 것을 누구보다도 잘 알고 있었기 때문이다.

알렉산드로스에 대한 디오게네스의 비아냥거림은 거기에서 끝나지 않는다.

알렉산드로스 대왕은 신들과 신인(神人)들이 사라진 시대에 영웅의 모습으로 등장한 위대한 인간이었다. 그에 대한 신격화가 끊임없이 시도된 것은 살아 있는 신화에 굶주린 시대상을 반영하는 듯하다. 사진은 아크로폴리스에서 발견된 젊은 알렉산드로스의 두상.

알렉산드로스가 인도 원정에서 그리스 본토로 개선했을 당시 코린토스 회의는 그에게 신격(神格)을 허용하자고 제안했다. 데마테스는 알렉산드로스를 올림포스의 13번째 신으로 인정하되, 인도로부터 술 냄새를 풍기며 돌아온 그를 주신(酒神) 디오뉘소스의 화신(化身)으로 숭배할 것을 제안하기도 했다. 그 제안을 두고 '개 같은 내 인생'을 노래하던 견유철학자 디오게네스는 이렇게 빈정거렸다고 한다.

"저 친구들이 알렉산드로스를 디오뉘소스의 화신이라고 한 다음에는 틀림없이 이 디오게네스를 세라피스의 화신이라고 할 테지."

'세라피스'는 디오뉘소스보다는 신격이 까마득히 높은 이집트 신이다.

이탈리아 작가 루치아노 데 크레셴초의 『그리스 철학사』에는 지금까지 별로 알려져 있지 않던 디오게네스의 기행(奇行)이 몇 가지 실려 있다.

스승 안티스테네스가 병석에 누워 있을 당시의 일이라고 한다. 고통으로 신음하고 있던 안티스테네스가 디오게네스에게 물었다.

"어떻게 하면 이 고통에서 풀려날 수 있을까?"

디오게네스는 칼자루를 내보이면서 태연하게 반문했다.

"이것으로 되지 않겠습니까?"

기겁을 한 스승이 제자를 꾸짖었다고 한다.

"고통에서 해방되고 싶다고 했지, 인생에서 해방되고 싶다고 했어?"

정복자 알렉산드로스를 면전에서 비아냥거릴 수 있던 디오게네스에게도 성욕이나 배고픔 같은 것과의 싸움은 쉽지 않았던 모양이다. 이 철학자는 수음(手淫)하는 것도 마다하지 않았는데, 때로는 사람들의 시선을 깡그리 무시해 버리는 점잖지 못한 일면을 보이기도 했다. 사람들이, 어째서 점잖지 못하게 그런 짓을 하느냐고 묻자 디오게네스는 태연하게 대답했다.

"가죽만 몇 차례 문질러 주면 되니, 해결이 얼마나 손쉽고 빨라? 배고픔도 이것처럼 뱃가죽을 몇 차례 문질러 주는 것으로 해결되면 얼마나 좋을까?"

한 고관(高官)이 활을 쏘는데, 화살은 자꾸만 과녁을 빗나가고 있었다. 가만히 바라보고 있던 디오게네스가 과녁을 막고 서면서 중얼거렸다.

"여기가 제일 안전하겠군."

디오게네스에게, 기행은 기행 그 자체가 목적이었던 것은 물론 아니다. 긍정적인 의미에서 기인들의 기행이 그렇듯이 그것은 절대 긍정에 이르기 위한 방편으로서의 절대부정이었다.

이탈리아 르네상스기의 화가 라파엘로의 「아테나이 학당」에 등장하는 디오게네스. 정중앙의 플라톤과 아리스토텔레스 앞으로 계단에 걸터 누운 듯한 자세를 취한 사람이 바로 디오게네스다. 과연 '개 같은 인생'을 노래한 철학자답게 분방하다.

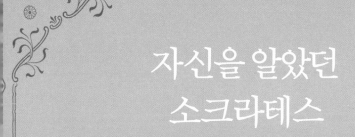

자신을 알았던
소크라테스

너 자신을 알라

가슴에 손을 얹고 자신에게 물어보자.

"소크라테스에 대해서 나는 무엇을 알고 있는가? 소크라테스라는 이름이 긴긴 세월, 그렇게 많은 사람들 입을 오르내린 까닭을 나는 알고 있는가?"

철학 전공자가 아닌 일반 독자들은, 소크라테스가 남긴 것으로 알려져 있는 "너 자신을 알라.", "악법(惡法)도 법이다.", "결혼? 해도 후회하고 안 해도 후회한다." 따위의 명언을 먼저 떠올릴 것이다. 희대의 악처(惡妻) 크산티페를 떠올리는 독자도 있을 것이다. 하지만 소크라테스라는 이름이 긴긴 세

생전에 어떤 글도 남기지 않은 것으로 알려진 소크라테스. 우리는 소크라테스의 '생각'을 그의 제자 플라톤과 크세노폰, 그리고 희극작가 아리스토파네스가 남긴 글을 통해서만 알 수 있다.

월 많은 사람들의 입에 오르내린 까닭을 짚어 내는 일은 간단하지 않을 것이다. 자신이 소크라테스에 대해 얼마나 무지한가를 깨닫고 부끄러워하는 독자도 있을 터이다.

부끄러워할 것은 없다. 소크라테스는 이런 말도 남겨 두었다.

"나는 현명한 사람이다. 왜냐? 나는 무지하지만 한 가지만은 알고 있다. 바로 내가 무식하다는 것이다. 스스로 무식하다는 것을 알고 있으니 나는 현명한 사람인 것이다. 그것도 모르는 사람이 얼마나 많은가?"

많은 사람들은 '너 자신을 알라.'라는 이 유명한 말을 남긴 사람이 소크라테스인 것으로 알고 있다. 하지만 이 말은 소크라테스가 태어나기 전에도 델포이에 있는 아폴론 신전문(神殿門)의 상인방에 새겨져 있었던 것으로 전해진다. 그렇다면 돌장이(石工)로 하여금 처음으로 그 말을 새기게 한 사람은 누구일까? 시대적으로 한 세기 반쯤 앞서는 철학자이자 수학자이자 천문학자였던 탈레스인 것으로 전해진다. 누구의 말이 되었든 '너 자신을 알라.', 이 한 마디는 근 25세기 동안 역사의 회랑(回廊)이 아닌, 우리 개개인의 가슴에 예나 다름없는 울림을 지어 낸다.

그리스의 고대 도시 델포이에 있는 아폴론 신전. 대지의 '자궁'이라는 뜻의 델포이에는, 고대 그리스 도시 국가들의 보물 창고, 극장, 경기장 등의 유적이 잘 보존되어 있다.

알키비아데스를 사랑한 소크라테스

소크라테스에 대해 일반에 잘 알려져 있지 않던 부분이 있다. 그가 용감한 해병이었다는 사실, 그리고 그에게 스무 살 연하의 남자 애인이 있었다는 사실이다. 소크라테스의 무용(武勇)과 동성애는 미남 정치가 알키비아데스와의 관계를 통해 드러난다. 저 유명한 『플루타르코스 영웅 열전』이 이 이야기를 비교적 소상하게 전하고 있다.

소크라테스는 마흔 살 가까이 되었을 때 포테이다이아 원정군으로 복무한 적이 있다. 당시 소크라테스는 미남 청년 알키비아데스와 같은 천막에서 기거했고 싸울 때도 어깨를 나란히 하고 싸웠다. 치열한 전투 중, 알키비아데스가 부상을 입고 쓰러지자 소크라테스는 목숨을 걸고 알키비아데스를 살려 낸 적이 있다. 몇 년 뒤의 델리움 전투에서는 알키비아데스가, 적군에게 포위된 소크라테스를 살려 냄으로써 이 빚을 갚았다. 델리움 전투 당시, 알키비아데스는 기병이었던 것에 견주어 소크라테스는 중무장 보병이었다.

소크라테스에게는 상반되는 두 가지 면모가 있다. 한 가지는 국가가 부당하게 내리는 사약(賜藥)을 부당한 줄 알면서도 태연하게 마신 비폭력주의자 같은 면모, 또 한 가지는 나이 쉰 살이 될 때까지 해병으로 중무장 보병으로 용감무쌍하게 싸웠다는 면모가 그것이다. 하지만 이 두 가지 면모의 정점에는 국가가 있는 만큼 결국은 하나가 아닐까 싶다. 그는 인민의 합의체인 국가에 맹종했다.

당시 그리스에는, 명사라면 미소년(pais)을 하나쯤 곁에다 두고 사랑하는 풍습이 있었다. 미소년 애호가 중에는 그저 바라보면서 즐기기만 하는 '파이도피페스(paidopipes)'도 있었고, 열정적으로 소년을 사랑하는 '파이

도마니아(paidomania)'도 있었다.

젊은 미남 정치가 알키비아데스는 그 명사들의 꽃이었다. 하지만 많은 명사들은 알키비아데스의 아름다운 육체를 찬양했지만 소크라테스는 그가 태어나면서 부여받은 뛰어난 덕성과 소양을 사랑했다. 그에 대한 소크라테스의 사랑은 '에로스', 즉 육체적인 사랑이 아니다. 바로 뒷날 '플라토니즘'이라고 불리게 되는 정신적 연애 감정이다. 소크라테스는 이것을 '안테로스', 즉 '반(反) 에로스적 사

고대 그리스에서 동성애는 죄악이 아니었다. 성공한 남자라면 누구나 미소년 하나쯤은 곁에 두고 사랑하는 것이 일반적이었다.

랑'이라고 불렀다. 소크라테스가 알키비아데스에게 보인 이런 태도를 두고 스토아 철학자 클레안테스가 조롱한 말이 있다.

"뭇 명사들이 알키비아데스의 사지(四肢)를 주무르고 있을 동안 소크라테스는 알키비아데스의 귀를 잡고 놀았다."

크산티페는 정말 악처인가?

소크라테스 이야기에서 악처 크산티페 이야기가 빠질 수 없다. 크산티페에게도 소크라테스는 좋은 지아비가 아니었을 법하다. 소크라테스는 집에

아내 크산티페가 물을 붓든 말든 달관한 표정으로, 한쪽 손에 턱까지 괸 채 앉아 있는 소크라테스의 모습이
인상적이다. 17세기 네덜라든 화가 레이어 반 블로멘다엘의 「소크라테스에게 물을 끼얹는 크산티페」.

남편 소크라테스를 이해하지 않고 경멸했다고 하여 악처의 대명사가 된 크산티페. 그러나 크산티페에 관한 일화는 후세 사람들의 과장이 심하게 보태어져 확실하지 않다. 17세기 한 서양 우화집에 실린 오토 베니우스의 삽화.

오늘날에는 크산티페를 새롭게 조명하고자 하는 사람들도 있다. 악처로 알려진 크산티페가 실은 악처가 아니라 남편에 대한 깊은 사랑과 눈물겨운 희생으로 끝까지 가정을 지켜낸 현처였음을 이야기하는 것이다.

감옥에 갇힌 소크라테스가 남
겼다는 말, "악법도 법이다."
라는 말이 인구에 회자되지만
소크라테스가 직접 이런 말을
했는지는 알 수 없다.

다 생활비 한 푼 들여놓은 바 없고, 밖에서는 제자들이나 시민들을 상대로
청산유수의 언변을 토하다가도 집에만 들어서면 함구해 버린 것으로 유명
하다.

　어느 날 소크라테스가 제자들과 함께 자기 집 앞을 지나고 있었다. 크산
티페가 남편에게 뭐라고 소리를 질렀다. 하지만 소크라테스는 아내에게는
한마디 대꾸도 없이 제자들을 상대로 하던 이야기만 계속했다. 화가 난 크
산티페가 들고 있는 항아리의 물을 남편에게 끼얹어 버렸다. 디오게네스(견

유철학자 디오게네스가 아니다.)가 전하는 바에 따르면 물벼락을 맞은 소크라테스는 이렇게 중얼거렸다.

"천둥이 치더니 하늘이 기어이 소나기를 쏟아붓는구나."

알키비아데스가, 도대체 그런 여자를 어떻게 참고 사느냐고 물었을 때 소크라테스는 이렇게 대답했다.

"유익한 바가 없지 않네. 이런 마누라를 경험하고 나면 한 마리 야생마를 길들이고 난 것 같아서 웬만한 달변가는 다 휘어잡을 수 있다네."

거리의 철학자

마흔아홉 살까지 군인으로서 조국에 봉사한 소크라테스는 쉰 살이 되어 크산티페를 아내로 얻은 뒤에야 시장이나 광장 같은 데서 사람들을 가르쳤다. 그의 목표는 두 가지로 요약된다. 하나는, 인간은 마땅히 자기가 무지하다는 것을 깨닫고, 이 깨달음의 토대 위에서 바깥의 사물을 제대로 인식하고, 그 인식을 실천해야 한다는 것이다. 이렇게 해서 그에게 최고의 덕목은 실천적 능력이 된다. 둘은, 개개인의 덕목인 이 실천적 능력이 시민의 도덕의식 개혁에 이바지가 되어야 한다는 것이다. 거의 쉰 살이 될 때까지 시민병으로서 국가에 봉사했던 그가, 바로 그 국가가 부당하게 내리는 사약에 저항하지 않은 까닭은, 국가가 이러한 시민 의식을 수렴하여 만든 법은, 비록 그것이 때로 부당하게 여겨지는 한이 있어도 개인이 저항해서는 안 된다는 믿음 때문이었다.

인류의 큰 스승들이 거의 다 그렇듯이 소크라테스도 글 한 줄 남긴 바가

라파엘로의 「아테나이 학당」에 등장하는 소크라테스는 사람들과 열심히 토론하는 모습으로 그려져 있다.

없다. 소크라테스의 사상은 제자들이 남긴 책 『쉼포시온(對話)』과 『아폴로기아(辨明)』를 통해서 전해지는데, 이 '쉼포시온'은 학술 토론회를 의미하는 '쉼포지엄(symposium)'이라는 말에, '아폴로기아'는 '사죄'를 뜻하는 '어팔러지(apology)'라는 말로 그대로 남아 있다. 『쉼포시온(Symposion)』은 '어울려 함께(sym) 마신다(posis)'라는 뜻의 『향연』으로 번역되기도 한다.

소크라테스는 산파(産婆)의 아들이었다. 그런데 소크라테스가 사람들을 가르친 교수법도 '산파술'이라고 불린다. 무엇인가? '조산술(助産術)'이다. 산파는 임산부가 아기 낳는 것을 도와주는 사람이지, 씨를 뿌리는 사람도 직접 낳는 사람도 아니다. 소크라테스는 제자가 모르고 있던 새로운 지식을 주입시키는 대신 제자와의 '대화'를 통하여 그 제자가 이미 알고 있는 것들을 바탕으로 삼아 새로운 깨달음, 새로운 인식에 이르도록 도와주었다. 따라서 이 '대화'와 '산파술'은 소크라테스를 이해하는 데 필요한 두 개의 열쇳말이라고 할 수 있다.

논쟁적 토론을 즐긴 소크라테스는 누명을 쓰고 감옥에 있던 때에도, 독배를 마시는 것이 옳은지 그린지에 대해 토론을 했다고 전해진다. 18세기 프랑스 화가 자크 루이 다비드가 그린 「소크라테스의 죽음」.

또 하나의 열쇳말은 '다이몬'이다. '데몬(악령)'이라는 현대 영어에 그대로 남아 있는 소크라테스의 '다이몬'은 대체 무엇일까? 소크라테스에게 '다이몬'은 내부에서 들리는 비판적인 양심의 음성이었고 소크라테스를 법정에 기소한 자들에게 '다이몬'은 '악령의 소리'였다. '다이몬에 대한 믿음'은 반대파들이 소크라테스를 기소한 죄목 중의 하나였다.

소크라테스가 아테나이 젊은이들을 오도했다는 혐의로 사형 선고를 받고 옥살이를 하고 있을 때 크산티페가 달려왔다.

"영감, 무고한 당신이 무슨 죄를 지었다고 죽음을 자초하는 거요?"

크산티페의 말에 소크라테스가 반문했다.

"그럼 당신은 내가 무슨 죄를 짓고 죽기를 바라나?"

사약을 마신 소크라테스는 숨을 거두기 전에 제자이자 친구인 크리톤에 게 일렀다.

"아스클레피오스에게 닭 한 마리를 빚졌으니까 잊지 말고 갚아 주게."

아스클레피오스는 의신(醫神)이다. 당시 그리스 땅에는, 아스클레피오스의 신전에 빌어서 병이 나으면 이 신에게 닭 한 마리를 바치는 풍습이 있었다. 그러니까 소크라테스는, 이 세상살이라 는 거대한 병통에서 놓여나게 되었으니 마땅히 아스클레피오스에게 닭 한 마 리를 바쳐야 하는데 그걸 바치지 못 하게 되었으니 크리톤에게, 자기를 대신해서 바쳐 달라고 한 것이다.

플라톤에 의하면 소크라테스는 상대방의 나이나 재산을 불문하고 누구 하고나 대화하기를 즐겼다 고 한다. 소크라테스에게 대화는 무엇이 옳고 무 엇이 그른지를 밝히는 유일한 수단이 아니었을까.

'교실 이데아'
플라톤

이데아, 플라톤 철학의 시작

인류는 예수, 석가, 공자, 소크라테스, 이 네 분을 인류의 정신 살림을 이끌어 온 4대 성인(聖人)으로 꼽는다. 그런데 우리나라 독자의 경우, 예수, 석가, 공자에 대한 정보는 약간 막연하기는 하지만 그래도 풍부한 편인 것에 견주어 소크라테스에 대한 정보에는 취약한 면모를 보인다. 그 까닭은 소크라테스라는 정점에서 플라톤, 아리스토텔레스로 이어지는 서양 철학의 계보에 익숙하지 못하기 때문이 아닐까 싶다.

소크라테스가 세상을 떠난 직후 제자들은 제각기 서로 다른 길을 걷는다. 말하자면 제자들 사이에 심한 이념 충돌이 벌어진 것이다. 이 이념 충돌

플라톤은 소크라테스의 제자이다. 글 한 줄 남기지 않은 소크라테스의 철학을 우리는 플라톤이 쓴 기록을 통해서 읽는다.

의 도화선이 되는 것이 바로 이 상주의자 플라톤과 쾌락주의자 아리스티포스의 충돌이다. 독자들은 현실주의자 아리스티포스와 견유철학자 디오게네스가 서로를 비아냥거리던 사건을 기억할 것이다.

거칠게 먹고 험하게 입고 산 사람으로 유명한 디오게네스가 시냇가에서 푸성귀를 씻고 있었다. 형편이 구차해서 그에게는 그것밖에는 구해 먹을 것이 없었다. 아리스티포스가 지나가다가 이것을 보고는 안타깝다는 듯이 중얼거렸다.

"고개 수그리는 법을 조금만 알아도 호의호식할 수 있는 것을……."

아리스티포스를 돌아다보면서 디오게네스가 응수했다.

"조의조식하는 법을 조금만 알면 고개를 숙이고 알랑방귀 뀌지 않아도 되는 것을……."

아리스티포스의 현실주의를 못 견뎌 하던 걸레 철학자 디오게네스의 눈에 귀족 출신의 철학적 이상주의자 플라톤이 곱게 보였을 리 없다. 겉보기에 호화스러워 보이는 플라톤의 살림살이를 디오게네스는 견딜 수 없었던 모양이다. 비가 몹시 오던 날 디오게네스는 진흙 위를 구르고는 플라톤의 집으로 들어가 바닥 깔개 위를 구르는 짓을 되풀이했다. 고급 깔개가 진흙

투성이가 되었음은 두말할 나위도 없다. 플라톤이 물었다.

"디오게네스, 왜 그러는가?"

"플라톤, 당신의 오만 방자함을 이렇게 짓밟아 주고 싶은 것이오."

디오게네스의 말에 플라톤이 조용히 되물었다.

"똑같은 오만 방자함으로써 말인가?"

디오게네스가 플라톤의 집에서 플라톤 철학의 핵심을 이루는 '이데아' 문제를 두고 논쟁을 벌일 때의 이야기다. 디오게네스가 플라톤의 방을 둘러보면서 비아냥거렸다.

"이 방에는 걸상과 술잔이 있을 뿐, 내 눈에 걸상의 '이데아'나 술잔의 '이데아'는 보이지 않는데 그래요."

플라톤이 그 말에 응수했다.

"아마 그럴 것이네. 자네 정신의 눈에는 걸상과 술잔이 보일 뿐, '이데아'까지 보일 턱이 없지."

'이데아'가 무엇인가? 가수 서태지의 노래 「교실 이데아」에도 등장하는 이 '이데아'란 과연 무엇인가? '이데아'는 '보다(이데인)'라는 동사의 명사형이다. 매우 쉽고 거칠게 설명하자면, '이데아'는 어떤 사물의 실체가 아닌, 우리 정신의 눈으로 '보고' 파악한 사물의 외관이다. 여기에 술병이 하나 있다. 술병의 실체는 분명히 존재한다. 하지만 술꾼들이 본 술병의 외관과 술꾼의 아내들이 본 술병의 외관은 같지 않다. 정신의 눈으로 보고 파악한 사물의 외관은 하나의 술병에 대한 하나의 '관념'을 형성하는데, 이것이 바로 플라톤을 정점으로 발전하는 유럽 철학의 관념론이다. 그렇다면 이데아는 결국 무엇인가? 관념이다. 서태지의 「교실 이데아」는 교실이라는 관념적 억압 구조에 대한 비아냥거림인 것이다.

플라톤, 디오게네스, 아리스티포스

라파엘로의 그림 「아테나이 학당」에서 플라톤의 손은 하늘을, 아리스토텔레스의 손은 땅을 향하고 있다. 플라톤에게 참다운 세계는 현실의 세계가 아닌 이데아의 세계이다. 손가락으로 하늘을 가리키고 있는 플라톤이, 현실을 넘어 이데아를 탐구할 것을 강조하는 듯하다.

플라톤에 견주면 디오게네스는 약간 우스꽝스러워 보인다. 그렇다면 디오게네스가 비아냥거려 마지않던 현실주의자 아리스티포스는 어떤가? 아리스티포스는 디오게네스처럼 가난하게 살 수도 있었고, 플라톤처럼 호화스럽게 살 수도 있는 사람이었다. 그런 아리스티포스가 디오게네스와 함께 공중목욕탕에서 목욕을 한 일이 있다. 아리스티포스는 자기의 고급 겉옷 대신 디오게네스의 누더기 겉옷을 입고 먼저 나가 버렸다. 남은 것은 아리스티포스의 고급 겉옷뿐이었다. 디오게네스는 아리스티포스의 겉옷을 입을 수 있었을까? 입지 못했다. 디오게네스는 고급 겉옷을 입느니 차라리 알몸으로 가겠다면서 벌거벗은 채 집으로 돌아갔다고 한다. 말하자면 디오게네스는 누더기 겉옷이 아니면 걸칠 수 없는 사람, 아리스티포스는 두 가지 겉옷을 다 걸칠 수 있는 사람이었던 것이다.

아리스티포스에 견주면 플라톤은 어떤가? 두 사람이 쉬라쿠사의 왕 디오니시오스를 방문한 일이 있다. 당시에는 특정한 날이 되면 남자가 여장

여장은 영웅전에 자주 등장하는 모티프다. 헤라클레스는 옴팔레 여왕 밑에서 여장하고 지냈던 것으로 전해진다. 18세기 프랑스 화가 프랑수아 르무안이 그린 「헤라클레스와 옴팔레」.

트로이아 전쟁을 기피하기 위해 여장하고 뤼코메데스 왕의 딸들 속으로 숨어 버린 아킬레우스(중앙)와 아킬레우스의 정체를 밝히는 오뒤세우스(왼쪽). 17세기 프랑스 화가 시몽 부에의 그림.

(女裝)하는 풍습이 있었다. 영웅 테세우스와 헤라클레스는 물론이고 알렉산드로스 대왕도 여장으로 지냈다는 기록이 있다. 여자 옷으로 갈아입자는

왕의 제안에 플라톤은 그럴 수 없다고 일언지하에 거절했지만 아리스티포스는 왕의 제안을 선선히 받아들이면서 플라톤을 비아냥거렸다.

"못 입을 거 없잖은가? 정신이 올곧은 사람은 술독에 들어가도 타락하지 않는 법인데."

이데아로 가는 길

플라톤 이야기에서 그가 세운 철학 강원(哲學講院), 즉 '아카데메이아'가 빠질 수 없다. '학원' 또는 '학술원'으로 번역되는 이 말은 어디에서 온 것일까?

트로이아 전쟁의 불씨로 유명하게 되는 헬레네가 처녀 시절에 영웅 테세우스 손에 납치당한 적이 있다. 헬레네의 오라비인 쌍둥이 장수가 누이를 찾아 온 그리스 땅을 헤맬 당시, 이들에게 누이 헬레네가 있는 곳을 귀띔해 준 사람이 있었다. 이 사람의 이름이 바로 아카데모스다. 쌍둥이 장수는, 아테나이에서 약 2킬로미터 떨어진 곳에 있는 아카데모스의 고향을 '아카데메이아', 즉 '아카데모스의 마을'로 명명했다.

플라톤 당시 이탈리아 남부는 그리스 식민지였다. 플라톤이 '마그나 그라이키아(대 그리스)'라고 불리던 식민지 도시 쉬라쿠사를 방문했을 때의 이야기다. 철학자를 자칭하던 쉬라쿠사 왕과 플라톤 사이에는 이런 말이 오간다.

"여기에는 무엇 하러 오셨는가?"

"덕이 있는 사람을 찾으러 왔습니다."

"벌써 찾았다고 생각하지 않는가?"

"그런 것 같지 않습니다."

"내 앞에서 이러긴가?"

"폭군처럼 이러깁니까?"

플라톤의 말에 화가 난 쉬라쿠사 왕은 이 철학자를 노예로 팔아넘기고 말았다. 다행히도 플라톤이 팔려 간 섬에는 이 철학자를 열렬히 존경하던 사람이 있어서 몸값을 치러 주는 것은 물론 철학 강원을 세울 땅값까지 준 사람이 있었다. 플라톤은 그 돈으로 아카데메이아 근처의 땅을 사들여 강원을 세우고 이름을 '아카데메이아'라고 했다. 이렇게 해서 아카데메이아는 인류의 지성사(知性史)에 이름을 날리게 된다. '아카데미즘'은 '아카데메이아의 정신'이다.

앞에서 소개한 '이데아' 개념, 이상 국가에 대한 희망 사항을 피력한 '국가론', 노자(老子)의 소국과민론(小國寡民論)을 연상시

플라톤은 이데아의 빛이 비칠 때 세계가 완전한 모습을 드러낸다고 믿었다.

키는, 철학자가 왕이 되어 작은 나라를 다스려야 한다는 '철인독재론(哲人獨裁論)' 등은 그 자체만으로는 지금까지도 정교한 이론이라고 할 수는 없다. 하지만 그의 '이데아'와 '순수 사유'를 통해 인류는 육체의 감옥에 갇혀 있던 정신을 해방시키는 실마리를 잡게 되니 이 실마리에서 도도한 유럽 철학이 풀려나온다. '플라토닉 러브', 즉 플라톤적 사랑이 무엇인가? 육체적 사랑이 아닌 순수한 정신적 사랑이다. 플라톤을 통하여 인류는 '정신'의 자유를 향해 한 걸음 크게 내딛는다. 플라톤을 통하여 인간의 영혼은 비로소 '불멸성'을 획득하는 것이다.

스키피오와 한니발의
한판 승부

영원한 맞수 한니발과 스키피오

　로마 제국의 성립이 세계사적, 인류사적 대사건일 수 있다면 처음으로 로마를 일약 지중해의 최강자로 부상시킨 포에니(포이니키아인을 상대로 한) 전쟁 영웅 스키피오의 탄생 역시 세계사적, 인류사적 대사건이라고 할 수 있다. 스키피오 이전의 로마는, 바다에 관한 한 '카르타고의 허락 없이는 바다에서 손도 마음 놓고 씻을 수 없다.'라는 말이 있었을 정도로 허약한 해양 약소국이었다. 그런데 스키피오가 바로 그 숙적 카르타고의 용장 한니발이 이끄는 대군을 무찌르고 로마를 지중해의 최강국으로 떠오르게 한 것이다.

　『로마인 이야기』의 저자 시오노 나나미는, 병법에 관한 한 알렉산드로스

대왕의 수제자로는 한니발을 꼽고, 한니발의 수제자로는 스키피오를 꼽는다. 그러고는 이렇게 덧붙인다.

"……알렉산드로스는 제자의 재능을 시험할 기회를 갖지 못한 채 세상을 떠났지만, 그리고 그것이 그의 행운이기도 했지만, 한니발의 경우는 그렇게 되지 않았다."

이것은 무슨 뜻인가? 알렉산드로스는 다행스럽게도 일찍 세상을 떠나는 바람에 자신으로부터 병법을 배운 제자 한니발의 군대에 곤욕을 치르지 않아도 좋았지만 한니발은 바로 그 제자 스키피오의 손에 묵사발이 되지 않으면 안 되었다는 뜻이다. 그렇다면 카르타고의 패장 한니발은 어떤 장군이었고, 한니발보다는 12년 연하였던 로마의 개선 장군 스키피오는 어떤 사람이었는가?

고대의 세계 전쟁

'고대'로 분류되는 기원전 시대의 다섯 명장(名將)을 꼽으면 반드시 들어

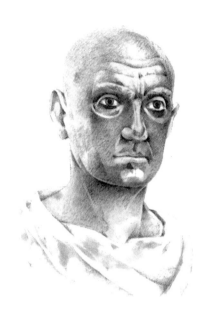

한니발처럼 싸워 한니발을 이긴 로마의 명장 스키피오.

가는 두 장군이 바로 스키피오와 한니발이다. '인류사의 10명장'을 꼽을 때도 빠지지 않는 두 장군이 바로 스키피오와 한니발이다. 한니발에 대한 이해 없이 스키피오가 이해될 수 없고 스키피오에 대한 이해 없이 한니발이 이해될 수 없는 것은 바로 이 때문이다.

　세 차례에 걸친 포에니 전쟁사는 아프리카의 강국 카르타고가 멸망해 가는 과정의 기록이자 로마가 지중해와 유럽의 최강자로 떠오르는 과정의 기록이기도 하다. '포에니 전쟁'이라는 말은 카르타고라는 국가를 구성하던 '포이니키아(페니키아)인을 상대로 한 전쟁'이라는 뜻이다.

　로마는 기원전 270년 이탈리아 반도를 통일한다. 하지만 이탈리아 반도 통일에는 남단의 섬 시칠리아가 포함되어 있지 않았다. 로마에게 시칠리아 진출 야욕이 있었던 것은 당연하다. 하지만 시칠리아에 진출하자면 지중해로 먼저 진출해야 했는데, 로마의 지중해 진출에는 두 개의 걸림돌이 있었다. 그중 하나는, 기원전 323년까지만 해도 지중해는 물론 인도까지 위협하던 그리스였다. 시칠리아 섬을 포함하는 이탈리아 반도 남단은 전통적인 그리스 식민지였다. 그리스인들은 반도 남단을 '마그나 그라이키아(대 그리스)'라고 불렀다. 하지만 기원전 323년 알렉산드로스 대왕의 사망과 더불어

포에니 전쟁은 로마와 카르타고 양쪽에 매우 중요한 전화점이 된 사건이다. 이 전쟁 이후로 유럽과 아프리카의 운명이 갈렸다고도 할 수 있겠다. 그림은 전쟁에 휘말리기 직전 카르타고의 평화로운 모습이다.

제국이 산산이 부서지면서, 그리스는 이빨 빠진 사자나 다름이 없었다. 따라서 그리스 연합에는 로마의 남하를 저지할 힘이 남아 있지 않았다. 실제로 로마의 지중해 진출에 가장 큰 걸림돌이 되는 나라는 아프리카 북부에 자리 잡고 있던 카르타고였다. 로마와 카르타고가, 시칠리아 섬에 있던 작은 왕국 메시나의 주권 문제를 놓고 벌인 전쟁이 제1차 포에니 전쟁이다.

레굴루스가 지휘하던 로마의 지상군은 카르타고가 고용한 스파르타의 명장 크산티포스의 절묘한 작전에 말려 참패하고 사령관 레굴루스는 목숨을 잃는다. 하지만 로마 군은 뒤이어 벌어진 해전에서는 오히려 카르타고를 깨뜨림으로써 처음으로 해전에서의 승리를 기록한다. 카르타고에게 이 해전에서의 패배는 치명상이었다. 23년 동안이나 계속된 제1차 포에니 전쟁에 패배하고 막대한 전쟁 보상금을 로마에 지불할 의무를 떠안음으로써 카르타고는 재기 불능 상태에 빠지는 것처럼 보였다.

카르타고인 중에서 이 패전을 가장 뼈아프게 여긴 사람은 20년 동안이나

지상전에서 로마 군과 싸워 왔던 하밀카르 바르카스 장군이었다. 지금의 스페인 땅인 에스파니아는 기원전 3세기 당시에는 동서로 양분되어 있었다. 동쪽은 카르타고의 식민지, 서쪽은 로마의 식민지였다. 카르타고의 식민지는 당시 '카르타헤나(새 카르타고)'라고 불렸다. 하밀카르 바르카스 장군이 에스파니아 주재 카르타고 총독 및 총사령관으로 부임한 것은 기원전 256년, 아들 한니발이 아홉 살 되던 해였다. 바르카스는, 아들 한니발이 아버지를 따라 에스파니아로 가겠다고 떼를 썼을 때 한 가지 조건을 내걸었다. 그것은 평생 로마를 원수로 삼고 지내겠다고 바알 신에게 맹세하면 데려가겠다는 것이었다. 아홉 살배기 소년 한니발은 타니트 신전으로 달려가 바알 신에게 서약한 다음에야 아버지를 따라 에스파니아로 갈 수 있었다. 한니발은 어린 시절부터 눈병을 앓아 이즈음에 벌써 한쪽 눈에는 안대를 하고 다녔던 것으로 전해진다.

아버지의 뒤를 이어 한니발이 에스파니아 총독 및 총사령관이 된 것은 그의 나이 스물여섯 살 되던 기원 전 221년이었다. 총독에 취임한 이듬해인 기원전 219년, 한니발은 오랫동안 마음속으로 구상하던 원대한 계획을 실행에 옮겼다. 에스파니아의 남부 해안 도시 사군툼을 공격한 것이었다. 사군툼 공격은 곧 로마에 대한 선전포고와 다름이 없었다. 하지만 로마는 물론이고 본국 카르타고조차도 이 청년 한니발의 원대한 뜻을 짐작하지 못했다. 한논이라고 하는 카르타고 원로만이 이런 예언을 했다고 전해진다.

"과격한 청년 한니발이 바르카스 가문의 후계자라는 것을 명심하라. 사군툼 공격은 어쩐지 로마와의 전쟁으로 이어질 것 같은 예감이 든다. 우리에게, 로마와 또 한 차례 전쟁을 벌일 준비가 되어 있는가? 한니발로 하여금 사군툼에서 손을 떼게 해야 하지 않겠는가."

자마 전투를 앞두고 정예 부대를 향해 연설하는 한니발. 정예 부대는 한니발과 전쟁터를 누비며 생사고락을 함께한 우수한 병사들이었다.

하지만 한니발은 개전 8개월 만에 사군툼을 깨뜨렸다. 로마는 한니발에게 선전을 포고했다. 로마인들이 '한니발 전쟁'이라고 부르게 되는 제2차 포에니 전쟁은 이렇게 해서 시작되었다. 하지만 로마인도 카르타고 본국도 한니발의 의중을 헤아리지 못했다. 한니발의 최종 목표는 한니발만 알고 있었다.

로마의 등을 찌른 한니발

로마 군은 사군툼을 탈환하기 위해 군사를 몰아 사군툼을 공격했다. 하지만 한니발은 성문을 굳게 걸어 잠그고 있을 뿐, 응전하려 하지 않았다. 초조해진 로마는, 본국 카르타고를 공격하기 위해 사군툼의 군사로 하여금 지

자마 전투는 제2차 포에니 전쟁의 승패를 결정한 싸움이다. 이 전투 전날 한니발과 스키피오가 단독으로 대면했다고 전해진다. 한니발이 전쟁을 그만두자고 제안했으나 스키피오가 여기서 멈출 수는 없다고 말하여, 두 영웅의 결전은 피할 수 없는 것이 되었다. 16세기 독일 화가 외르크 브뢰가 그린「자마 전투」. 뮌헨 아르테나 피나코테크 소장.

중해를 건너게 했다. 한니발은 그제야 사군툼의 성문을 열고 밖으로 나왔다. 오래 기다리던 순간이 온 것이었다. 기원전 218년 한니발은 4만 정예군을 이끌고 인류사의 불가사의 중 하나라고 일컬어지는 저 유명한 '한니발의 대장정'을 시작한다. 한니발의 목표는 로마였다.

한니발이 머물고 있던 사군툼에서 로마에 이르려면 세계의 지붕에 해당하는 거대한 두 산맥을 넘어야 한다. 오늘날의 프랑스와 스페인 사이에 있는 피레네 산맥, 오늘날의 프랑스와 이탈리아 사이를 가로막고 있는 알프스 산맥이 그것이다. 로마인들 중에, 한니발이 이 두 산맥을 넘을 것이라고 상상한 사람은 거의 없었다. 그들의 생각은 이랬다.

"한니발은 아프리카와 에스파니아의 들을 누비던 자다. 따라서 그가 이탈리아 반도로 들어온다면 지중해를 건너거나 해안 지방의 평야를 지날 것이다. 따라서 해안과 평야에서 한니발의 원정군을 기다릴 필요가 있다."

한니발의 군대가 피레네 산맥을 넘고 있다는 보고가 로마 원로원으로 날아든 것은 같은 해 가을이었다. 로마는 한니발이 맛실리아(오늘날의 마르세이유)를 거점으로 확보하고 지중해를 건너 로마로 들어올 것으로 보고 황급히 코르넬리우스 스키피오가 지휘하는 군대를 맛실리아로 보냈다. 코르넬리우스 스키피오는 카르타고에 치명타를 안기는 스키피오의 아버지였다. 그러나 한니발은 맛실리아로 들어오지 않았다. 이어서 들어온 보고는 코르넬리우스는 물론이고 로마 원로원조차 경악할 만한 것이었다. 한니발의 군대가 피레네 산맥을 넘자마자 갑자기 '행방불명'이 되었다는 보고였다. 한니발이 알프스를 넘고 있을지도 모른다는 보고에 로마인들은 아연 실색했다.

"사실이라면, 한니발, 이자는 인간이 아니다!"

알프스에 산길이 없었던 것은 아니다. 알프스에는 기원전에도 목동들이 넘던 산길이 있었던 것으로 전해진다. 그러나 중무장한 군대와 코끼리가 넘을 수 있던 길은 아니었다. 열대 동물인 37마리의 코끼리와, 아열대 기후에 익숙한 4만 아프리카 정예병에게 설산(雪山) 알프스는 지옥이나 다름없었

로마 보병대와 교전 중인 카르타고의 코끼리 부대. 19세기 프랑스 화가 헨리 폴 모트의 그림.

을 것이다. 세계 역사를 가지고 농담하기를 즐기는 미국 작가 리처드 아모어는, 한니발의 알프스 도전을 과소평가하는 역사가들을 비아냥거리기라도 하는 듯이 이렇게 쓰고 있다.

"한니발의 군대가 코끼리를 타고 알프스를 넘었던 것은 아니다. 4만 대군이 어떻게 37마리의 코끼리를 타고 산을 넘는가? 하기야 한 마리에 1800명씩 타고 넘었다면 가능했겠지만, 그랬다면 코끼리 잔등이 장히 붐볐겠다."

한니발이 대군을 거느리고 알프스를 넘은 선례는 후세 영웅들의 상상력

을 자극했던 것임에 분명하다. 160
년 뒤에는 카이사르가 대군을 거
느리고 알프스를 넘되 로마 쪽에
서 프랑스 쪽으로 넘었고, 약 1900
년 뒤에는 나폴레옹이 넘되 카이
사르를 욕보이느라고 프랑스 쪽에
서 이탈리아 쪽으로 넘었다.

알프스를 넘은 한니발 군과 로
마 군이 첫 전투를 벌인 곳은 이탈
리아 북부 티치노였다. 로마 군의
사령관은, 2개 군단 병력을 지휘하
는 집정관 코르넬리우스 스키피
오였다. 그러나 로마 군은, 15일 걸
려 알프스를 넘어 이탈리아 본토
로 쳐 내려온 한니발 군의 적수가
되지 못했다. 특히 한니발이 아프
리카에서 데려온 누미디아 기병은
순식간에 로마 기병대를 짓밟고
로마 군 본대에 달려들어 집정관
을 사로잡으려 했다. 부상을 당하
고, 누미디아 기병대에 포위된 로
마의 집정관을 구출한 사람은 바
로 그 집정관의 아들이었다.

카르타고 코끼리 부대에 맞서 싸운 로마의 보병.

한니발은 기병대와 코끼리 부대를 앞세워 로마 군을
뒤흔들어 놓았다. 로마의 국립에트루리아 박물관에
소장된 접시 그림. 기원전 3세기.

파성추로 공격하는 로마 병사들. 19세기 영국 화가 에드워드 존 포인터의 그림. 레이닝 아트 갤러리 소장.

로마의 젊은 장군 스키피오의 등장

한니발은 로마의 집정관을 놓친 것을 매우 애석하게 여겼던 것으로 전해
진다. 그러나 한니발이, 놓친 것을 진정으로 애석하게 여겨야 했던 사람은
집정관이기보다는 그 아들이었다. 당시 겨우 열일곱 살이었던, 집정관의 아
들 이름은 아버지 이름과 똑같은 푸블리우스 코르넬리우스 스키피오였다.
몇 차례의 전투를 통해 한니발의 병법을 어깨너머로 익혀 그로부터 정확히

16년 뒤에 한니발에게 치명타를 안기는 저 스키피오가 바로 이 사람이다.

그로부터 7년 뒤인 기원전 212년, 루키우스 스키피오가 로마의 하위 공직인 안찰관(按察官) 선거에 입후보했다. 한니발과의 실전 경험이 있는 장군이자 에스파니아에서 전사한 집정관 스키피오의 맏아들 루키우스 스키피오는 재능 있는 젊은이가 아니어서 당선할 가능성이 희박했다.

선거일이 되자 루키우스의 아우 푸블리우스 스키피오는 새하얀 겉옷을 걸치고 마르스 광장으로 나가 형과 나란히 연단에 섰다. '마르스'는 로마의 전쟁 신이다. 그리스의 전쟁 신 아레스에 해당한다. 형제의 겉옷에는 아무 장식도 없었다. 아무 장식도 없는 겉옷을 걸치고 연단에 선다는 것은 곧 입후보하겠다는 의사 표시였다. 그러니까 아우 푸블리우스는 형이 입후보한 선거에 동반 입후보하겠다는 의사 표시를 한 것이었다. 형제는 나란히 당선됐다. 열일곱 살 때부터 아버지를 따라 싸움터를 떠돌던 아우 푸블리우스 스키피오가 자신의 대중적 인기를 이용하여 형을 안찰관에 당선시킨 것이었다.

그로부터 2년 뒤 스키피오는 원로원에 나타나, 에스파니아에서 전사한 아버지의 후임으로 자신을 에스파니아 총사령관에 임명해 줄 것을 요구했다. 2개 군단을 지휘하는 에스파니아 총사령관은 만 40세가 넘지 않으면 맡을 수가 없는 자리였다. 당시 스키피오의 나이는 24세, 자그마치 16세나 모자랐다. 원로원으로서는 함부로 거부할 수 있는 형편도 아니었다. 스키피오의 아버지가 바로 로마를 위해 목숨을 바친 장군이었을 뿐만 아니라, 원로들의 가까운 친구이기도 했기 때문이다. 결국 원로들은, 실전 경험이 풍부한 장군을 스키피오와 함께 보내어 사령관 직무를 공동으로 수행하게 했다. 원로원의 이 결정은, 카르타고의 명장 한니발에게는 더없이 비극적인 결정이었다.

전쟁의 신 마르스는 로물루스와 레무스의 아버지로 여겨져 로마에서 널리 숭배되었다. 마르스는 비너스의 연인으로 벽화나 조각 작품에 많이 등장한다. 15세기 이탈리아 화가 보티첼리의 그림 「비너스와 마르스」에서 미의 여신 비너스 앞에 전쟁의 신 마르스가 무장을 벗어 놓은 채 곯아떨어져 있다. 런던 내셔널갤러리 소장.

코끼리를 타고 군대를 지휘하는 명장 한니발. 17세기 프랑스 화가 니콜라 푸생이 그린 「알프스를 넘는 한니발.」

영웅의 그릇

스키피오라는 인간의 그릇 크기를 짐작할 수 있게 하는 에피소드가 있다. 카르타고의 식민지였다가 로마로 넘어온 카르타헤나의 총독으로 부임했을 때의 일이다. 당시 카르타헤나에는, 카르타고인들이 에스파니아인들의 충성을 보장받기 위해 에스파니아에서 잡아들인 원주민 인질이 300명 정도 살고 있었다. 인질의 대부분은 에스파니아 원주민 부족장의 아들딸 아니면 어머니였다. 스키피오는 인질을 인질로 대접하는 대신 부족장들의 가족에 상응하는 대접을 했다. 이 관대한 처분을 고맙게 여긴 원주민 장로들은 카르타헤나 최고의 미녀를 골라 스키피오에게 바치고 싶다는 뜻을 전했다. 스키피오는 다음과 같은 말로 장로들의 제안을 묵살했다.

"나 개인에게는 참으로 고마운 선물이기는 하오만 싸움터에 나와 있는 장군에게는 참으로 곤란한 선물이군요."

튀니지 자구완에 있는 로마 시대의 수로. 카르타고에 물을 공급하기 위해 지어졌다.

146년, 로마 군은 카르타고의 모든 남자를 학살하고 여자와 아이를 노예로 잡아갔다. 그리고 나무와 풀까지 모조리 불사르고 소금을 뿌려 다시는 풀 한 포기 자라지 못하는 죽음의 땅으로 만들었다.

스키피오는 그 처녀를 다시 애인의 품 안으로 돌려보내게 했다. 그의 나이 스물여섯 살 때의 일이다.

한니발의 사람 됨됨이를 엿볼 만한 사료는 거의 없지만 그 사정을 짐작하기는 어렵지 않다. 역사란 원래 승리자에 의해 기록되는 것이다. 승자에 관한 사료는 풍부해도 패자에 관한 사료는 빈약할 수밖에 없는 것은 이 때문이다. 따라서 한니발과 관련된 사료에 관한 한, 적군이었던 로마 사료에 의존해야 하는 만큼 불리할 수밖에 없다. 그러나 한니발에게 역사가가 없었던 것은 아니다. 한니발은 알렉산드로스 대왕을 모방, 역사가 실레노스를 대동하고 다니면서 전법이나 전황 따위를 기록하게 했지만 그 기록이 인멸되었을 뿐이다. 로마의 역사가 리비우스는 『로마사』 제21권에서 제30권에 걸치는 '한니발과의 전쟁'에서 한니발을 이렇게 묘사하고 있다.

"그는 추위도 더위도 묵묵히 견뎠다. 그가 먹는 것은 병사들 먹는 것과 똑같았다. 그는 때가 되었다고 해서 먹는 법이 없었다. 허기를 느낄 때만 먹었다. 잠도 그랬다. 그에게는 밤낮의 구별도 없었다. 잠도 자고 휴식도 취했지만 침대에 누워 자는 것도 아니요, 조용하게 쉬는 것도 아니었다."

카르타고 병사들에게, 겉옷만 덮고 나무 그늘에 드러누워 잠을 자는 사령관의 모습은 눈에 익은 풍경이었다고 한다. 병사들은 그 옆을 지나갈 때면, 발소리가 나지 않도록 조심했던 것으로 전해진다.

로마인들에게, 알프스 산맥을 넘어와 이탈리아 반도를 휘젓고 다니는 한니발은 공포의 대상이었다. 한니발은 백마를 탄 채 기병 몇 기만 이끌고 로마 성벽을 한 차례 돈 적도 있다고 한다. 로마인들은 '문 앞에 한니발이 와 있다.'라는 말로 우는 아기를 달랬다고 한다.

스키피오와 한니발이 조국의 운명을 걸고 건곤일척의 접전을 치른 무대는 아프리카 북부의 자마 평원이다. 접전에 앞서 한니발은 약 100킬로미터 떨어져 있는 스키피오의 진영으로 정찰병 셋을 보냈다. 그런데 이 정찰병들이 스키피오의 부하들에게 생포당하고 말았다. 스키피오는 정찰병들을 불러, 한니발로부터 받은 임무가 무엇이냐고 물어보았다. 죽음을 각오한 정찰병들은 적정 정찰(敵情偵察)이라고 당당하게 말했다. 스키피오는 부하 장교에게 명령했다.

"이들에게 우리 진영을 정찰하게 하라. 이 세 사람이 정찰할 수 없는 곳이 우리 로마 군 진영에는 없다는 것을 명심하라. 병력의 숫자를 세어도 좋다."

한니발은 정찰병들이 자세한 정보를 가지고 귀대하자, 그제야 그릇을 알아보고 스키피오에게 사절을 보내어 회담을 제안하게 했다. 역사적인 두 장군의 회동에는 이런 말이 오고간 것으로 전해진다.

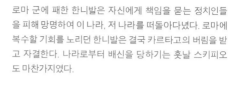

로마 군에 패한 한니발은 자신에게 책임을 묻는 정치인들을 피해 망명하여 이 나라, 저 나라를 떠돌아다녔다. 로마에 복수할 기회를 노리던 한니발은 결국 카르타고의 버림을 받고 자결한다. 나라로부터 배신을 당하기는 훗날 스키피오도 마찬가지였다.

한니발: "가장 행복한 선택은 로마인은 이탈리아 밖으로 나가지 않는 것, 카르타고인은 아프리카를 떠나지 않는 것이오. 그대들은 지금 아프리카에 들어와 있소. 회군하시오. 우리가 다투던 지역을 그대들에게 주겠소."

스키피오: "시작한 것은 장군이니 전투 준비나 하시지요. 장군은 평화롭게 사는 데 도무지 능숙하지 못한 모양이군요."

한니발이 자마 평원에서 스키피오에게 참패함으로써 카르타고는 지는 해가 되었고 로마는 솟는 해가 되었다. 스키피오는 로마로부터 '스키피오 아프리카누스(아프리카의 정복자 스키피오)'라는 칭호를 받았다. 그로부터 48년 뒤인 기원전 146년 카르타고는 또 한 사람의 스키피오, 자마 전투의 영웅인 스키피오 아프리카누스의 손자인 또 하나의 스키피오 손에 멸망당하고 만다.

개혁가 그라쿠스

홀어머니의 훌륭한 교육

어린 시절에 읽은 서양의 옛이야기 한 토막 떠올려 본다.

로마의 귀부인들이 둘러 앉아 저마다 목에 건 목걸이, 팔에 낀 팔찌, 손가락에 낀 반지, 귀에 건 귀고리를 자랑한다. 하지만 한 부인만은 잔잔하게 웃기만 할 뿐, 아무 말도 하지 않는다. 한미한 집안의 수더분한 부인인 것도 아니다. 한니발이 지휘하던 대국 카르타고의 군대를 아프리카에서 꺾고, '아프리카의 대장군 스키피오'라는 칭호를 받은 스키피오의 딸 코르넬리아다. 대장군의 딸이 보석 자랑 대신 잔잔하게 웃기만 하고 있는 것이다.

머쓱해진 부인네들이 코르넬리아에게 재촉한다.

귀족으로 태어난 그라쿠스 형제가 서민의 문제를 해결하는 개혁가로 성장한 데에는
현명한 어머니 코르넬리아의 교육 덕이 컸다.

18세기 프랑스 화가 조제프 브누아 쉬베의 그림 「코르넬리아, 그라쿠스 형제의 어머니」. 루브르 박물관 소장.

보석을 자랑하는 귀부인들에게 자신의 아이들을 보물이라고 소개한 코르넬리아의 일화는 여러 회화 작품에 등장한다. 18세기 스위스 출신의 오스트리아 화가 안젤리카 카우프만의 그림.

"우리네의 보석 자랑이 시답잖으신 모양이지요? 하기야 대장군의 따님이시니……. 부인도 한번 자랑해 보세요. 부인에게는 어떤 보석이 있으신지."

그러자 부인은 잠깐 자리를 비웠다가 두 아들을 꽁무니에 달고 들어온다. 아홉 살 터울이니까, 큰 애는 열서너 살, 작은 애는 네댓 살 되었을 것이

젊은 호민관 티베리우스 그라쿠스는 귀족이 독식한 공유지를 가난한 농민에게 재분배하기 위해 새로운 농지법을 제안했다.

다. 코르넬리아는 두 아이를 껴안고 이렇게 말한다.

"저에게는 이 두 아이야말로 세상에 다시없는 보물이랍니다."

코르넬리아가 그토록 자랑스러워했던 두 아들이 바로 구조 개혁의 아버지라고 할 수 있는 개혁가 그라쿠스 형제다. 남들이 친정아버지 이름을 빌어 '스키피오의 딸'이라고 칭송하면 코르넬리아는 이렇게 응수하고는 했다.

"나는 스키피오의 딸로 칭송받고 싶지는 않아요. 그라쿠스 형제의 어머니로 기억되고 싶을 뿐."

코르넬리아는 현명한 주부, 자애로운 어머니, 절개 굳은 미망인이었다.

티베리우스 그라쿠스는 이런 어머니의 자애로운 훈육 아래서 성장했다.

티베리우스는 약관 스무 살에 사제(司祭)에 선출되었다. 사제는 직위가 낮지만 고위 관리들과의 접촉이 많은 자리였다. 티베리우스는 곧 원로원의 수석 원로 클라우디우스의 눈에 들었다. 클라우디우스는 이 청년에게 딸을 주기로 작정하고는 의향을 물었다. 청년이 이 간접 청혼을 흔쾌히 받아들임으로써 언약이 성사되자 클라우디우스는 집으로 들어서면서 부인에게 외쳤다.

"사윗감이 나섰소. 클라우디아의 남편감을 정하고 오는 길이오."

아내 안티스티아가 그 말을 듣고 대답으로 했다는 말이 걸작이다.

"뭐가 그렇게 급해서 한마디 상의도 없이? 티베리우스 그라쿠스라도 나섰다면 모르겠지만……."

개혁을 꿈꾸다

시오노 나나미가 『로마인 이야기』의 '승자의 혼미' 편에서 자세히 쓰고 있듯이 당시 로마 사정은 혼미했다. 혼미가 카르타고 격파에 이어지는 연전연승의 후유증이었다는 사실은 얼마나 얄궂은가. 속사정을 요약하자면 이렇다.

한니발의 군대를 격파함으로써 카르타고에 치명상을 입힌 장군은 스키피오 아프리카누스이고, 카르타고라는 나라 이름을 지도 위에서 아주 지워 버린 장군은 그의 아들의 양아들 스키피오다. 가장 강력한 경쟁 국가였던 카르타고가 멸망하자 로마는 비로소 세계의 중심으로 떠올랐다. 로마는 여기에 만족하지 않고 계속해서 영토를 늘려 나갔다. 그런데 이렇게 전쟁을 계속하자면 군자금이 있어야 했다. 로마는 군자금을 대기 위해 돈 많은 귀족들로부터 엄청나게 많은 돈을 꾸지 않으면 안 되었는데 문제는 이 군자금의 상환 방식에서 기인한다.

로마는 한 나라를 장악하면 그 나라를 멸망시키는 대신 '소키(동맹국)'에 편입시키고 토지 일부를 몰수하여 로마의 국유지에 귀속시켰다. 티베리우스가 장성해 있었을 당시 로마의 영토를 제외한 국유지만 200만 유게룸 (50만 헥타르)에 이르렀을 정도다. 정부는 꾸어 온 군자금을 상환하는 대신 귀족들에게 이 국유지를 불하했는데, 불하된 국유지는 상속도 가능하고 타인에 대한 양도도 가능해서 실제로는 사유지와 다를 것이 없었다.

문제는 귀족들이 이 광대한 국유지에다 대규모 영농을 일으킨 데 있다. 로마 군대의 연전연승으로 무수한 노예가 로마로 붙잡혀 들어왔으니 값싼 노동력의 수급은 무한정이었고 귀족들은 노예를 이용하여 대량의 농산물을 값싸게 생산했다. 그런데 바로 이 값싼 농산물이 일반 농민의 농산물 값을 형편없이 떨어뜨렸다. 농민들은 자진해서 귀족들에게 땅을 넘기고 소작농이 되었지만, 노예들의 노동력 때문에 제대로 소작료를 받을 수가 없었다. 이렇게 해서 삶의 기반을 잃은 농민들은 로마로 몰려들었고 로마는 실직자들로 들끓었다. 뿐만 아니었다. 로마는 원래 생업의 기반을 잃은 무산자(無産者)에게는 병역의 의무를 지우지 않았다. 무산자가 늘어나자 군인의 수가 줄 수밖에 없었고, 마구잡이로 병사들을 뽑아 편성한 부대의 전투력은 나날이 떨어져 가는 실정이었다. 이 구조적인 결함을 개혁하겠다고 칼을 뽑아 든 사람이 바로 티베리우스 그라쿠스다. 그의 주장을 들어 보자.

"지휘관들은 로마 군의 진두에서 외칩니다. 조상의 무덤, 조상의 제단, 가정을 지키기 위해서 싸우자고 외칩니다. 하지만 로마 병사들은 이제 그런 것을 가지고 있지 않습니다. 그런데도 그들은 싸우고 목숨을 잃었습니다. 귀족의 재물과 사치와 호강을 지키다 목숨을 잃었습니다. 제 것이라고 할 수 있는 땅 한 평 못 가진 병사들은 그렇게 죽어 갔습니다."

티베리우스가 호민관이 되어 입법을 제안한 농지법은 단순하다. 개인의 국유지 임차 상한선을 500유게룸으로 제한하고, 임차권의 상속과 양도를

같은 운명의 길을 걷는 그라쿠스 형제. 토지 개혁을 비롯해 빈민과 무산자를 돕는 여러 개혁을 시행하고자
한 그라쿠스 형제는 로마 원로원과 귀족들의 반대로 죽임을 당하고 개혁에 실패하고 만다.

차단하자는 것이었다. 유복한 귀족 원로들이 이 개혁에 반대할 것임은 명약

관화하다. 하지만 노회한 귀족 원로들은, 농지법을 정면으로 반대함으로써

다수를 차지하는 평민의 손가락질을 받을 만큼 어리석지는 않았다.

티베리우스에 대한 원로원의 예정되어 있던 감정은 엉뚱한 데서 불거졌

다. 당시 동맹국이었던 페르가몬 왕국의 아탈로스 왕에게는 자식이 없었

다. 바로 그 왕이 세상을 떠나면서 왕국의 영토를 로마에 유증(遺贈)하자 티

베리우스는 그 땅을 속주(屬州)에 편입시키고 거기에서 들어오는 조세를

전쟁으로 황폐해진 로마의 평화를 일구려 했던 티베리우스 그라쿠스의 노력은 귀족과 원로원의 탐욕에 스러지고 만다.

무산자들 영농 자금의 재원으로 적립하자고 주장한 것이다.

바로 이 주장이 원로원에 빌미를 주었다. 패전국을 시찰하고, 실태를 조사하고, 그 조사 결과로써 통치체제를 결정하고, 속주로 의결하는 것은 원로원의 고유 권한이었다. 티베리우스는 이로써 원로원에 정면 도전한 셈이었다.

원로원은 티베리우스의 호민관 재선을 저지하기로 했다. 명분은 재선을 저지함으로써 그에 대한 권력 집중을 차단한다는 것이었다. 공화제 로마에서 독재를 노린다는 비난만큼 확실하게 먹혀 들어가는 선전 자료는 없었다.

호민관 선거일이 왔다. 카피톨리움 언덕 위의 선거장에는 평민들이 모여 열광적인 환호로 티베리우스를 맞이했다. 원로들은, 평민들의 환호성이 들릴 만한 거리에 있는 믿음의 신 피데스 신전에서 회의 중이었다.

선거장은 티베리우스를 지지하는 군중과 반대하는 귀족들로 혼란스러웠다. 지지파 원로가 티베리우스에게 다가가려고 했지만 군중에 막혀 그럴 수 없어서 티베리우스에게 오라고 손짓했다. 티베리우스는 군중 속으로 들어가면 목숨이 위험할지도 모른다는 뜻으로 자기 머리를 손으로 가리켰다. 반대파 시민 하나가 피데스 신전으로 달려가, 티베리우스가 왕관을 요구하고 있다고 주장했다. 반대파의 수장인 스키피오나시카가 외쳤다.

"로마의 법을 수호하려는 원로들은 나를 따르시오."

찬성파와 반대파의 대결은 곧 개혁파와 보수파의 대결이었다. 보수파 무리는 철제 의자를 부수어 개혁파 무리를 향해 돌진했다. 개혁파 무리에게는 나무 몽둥이밖에 없었다. 티베리우스는 300명에 이르는 추종자들과 함께 보수파가 휘두르는 철제 의자 다리에 맞아 죽었다. 칼에 찔려 죽은 자는 하나도 없었다. 시체는 유가족의 품으로 돌아가지 못하고 테베레 강에 던져졌다.

티베리우스 그라쿠스가 죽기 25년 전부터 감소 추세에 있던 병역 해당자, 즉 유산자 계급이 개혁 2년 뒤에는 증가 추세로 돌아선다. 그가 얼마나 눈 밝은 젊은이인가? 하지만 이 구조 개혁의 역사는 또 한 젊은이, 티베리우스의 아우 가이우스의 피를 필요로 한다. 가이우스 또한 그렇게 죽었으니……

또 하나의 그라쿠스

가이우스 그라쿠스의 탄생

우리나라의 신사임당에 비길 수 있는, 그라쿠스 형제의 어머니 코르넬리아가 미망인이 된 사연은 필경 전설이겠지만, 사람살이 이치를 생각하게 하는 동시에 아름답기까지 하다. 코르넬리아와 그라쿠스는 나이 차가 많이나는 부부였다. 어느날 그라쿠스는 침대 위에서 똬리를 틀고 있는 한 쌍의 뱀을 발견했다. 그가 점쟁이를 불러 무슨 징조냐고 묻자 점쟁이는 이렇게 풀었다.

"두 마리를 다 죽여서도 안 되고 다 놓아주어서도 안 됩니다. 수컷을 죽이면 어른이, 암컷을 죽이면 부인이 돌아가실 것입니다. 두 분이 해로하시

형 티베리우스가 죽은 지 10년 후 호민관이 된 가이우스 그라쿠스는 형이 걸었던 길을 그대로 따라 걷는다.

는 복은 누리실 수 없습니다. 두 가지 운명 중 하나를 선택하셔야 합니다."

당시 그라쿠스는 이미 노경에 접어든 장년, 코르넬리아는 꽃다운 30대 초반이었다. 노경에 든 자기보다는 젊은 아내가 더 오래 살아야 자식들에게 이롭다고 여긴 그라쿠스는 수컷을 죽였다. 한 쌍의 뱀이 설마 그라쿠스 일가의 운명을 고지했을 리 없을 터이니, 아내에 대한 그의 웅숭깊은 사랑에서 솟아난 전설이기 쉽겠지만 하여튼 그라쿠스는 곧 세상을 떠났다. 그의 사후에 태어난 아기가 개혁가 티베리우스 그라쿠스의 아우 가이우스 그라쿠스다.

형 티베리우스는 점잖고 침착한 사람이었다. 그가 연설할 때면 어조는 나직했지만 설득력이 있었다. 하지만 아홉 살 연하인 아우 가이우스는 격정적이었다. 연설할 때도 불을 토하는 듯했다. 연설하는 도중에 감정이 고조되면 분별력을 잃고 목소리를 드높이기가 일쑤였고 원색적인 욕지거리를 걸어 부칠 때도 없지 않았다. 그래서 가이우스는 연설할 때마다 하인 하나에게 피리를 주어, 자신이 감정을 제동하지 못한다 싶으면 낮은 음조로 그 피리를 불게 했다. 가이우스는 이렇게 하고부터 대중 연설에서도 평정을 잃지 않았다.

티베리우스가 서른 살 한창 나이에 원통하게 죽은 기원전 133년, 가이우스는 겨우 스물한 살이었다. 성질이 불같던 그도 기다릴 줄은 알았다. 그는 형의 복수에 목마른 나머지 정계에 진출한다는 인상을 주지 않았다.

형의 뜻을 이어받다

가이우스가 평민의 대표인 호민관에 당선한 것은 그의 나이 스물아홉 살 때였다. 임기가 시작되자마자 그는 형 티베리우스가 입법한 '농지법'을 재승인했다. 농지를 잃고 실업자로 전락해 버린 자작농들에게 토지를 분배해야 확대일로에 있던 빈부 격차를 줄일 수 있다고 확신하고 있었음에 분명하다.

두 번째 목표는 빈민 복지 정책이었다. 국가가 일정량의 곡물을 사들이고 이것을 시가보다 낮은 값으로 빈민들에게 공급하는 정책이었다. 그는 빈민으로 분류되는 사람들에게는 달마다 약 50리터의 밀을 시가의 절반 값에 살 수 있게 하는, 역사상 유례없는 복지 정책의 기틀을 입법했다. 재원은, 유복한 귀족에 대한 증세로 충당했으니 귀족들이 그를 좋아했을 리 없다.

세 번째 법안은 병역법이었다. 당시의 로마는 무산자(無産者)에게는 병역의 의무를 지우지 않았다. 당연히 병역 의무를 지는 사유 재산의 하한선이 있었다. 가이우스가 호민관에 당선했을 당시 빈부 격차가 커져 병역 종사자의 재산 하한선이 거의 절반으로 내려가 있었다. 빈부 격차가 확대되자, 무산자에 가까운 사람들까지도 병역의 의무를 짊어지고 있었던 셈이다. 가이우스는 극빈자들을 병역 부담에서 해방시키기 위해 새 병역법을 제정했다. 국가에 비상사태가 발생하는 한이 있어도 17세 미만인 소년병 징집을 법으로 원천 봉쇄하고 군복무에 필요한 모든 보급품은 국가가 부담한다는 법이었다.

네 번째 법안은 취로 사업법이었다. 가이우스의 새 농지법이 실업자들에게 농토를 주어도, 농민으로 되돌아가는 것을 달갑게 여기지 않는 실업자들도 있었다. 이미 유복한 귀족들에 의한 대규모 기업농 형태가 발달한 뒤여서 영세 농업으로는 가격 경쟁이 거의 불가능했기 때문이다. 가이우스는 도로나 다리, 상하수도, 항만 공사 같은 공공 취로 사업을 대규모로 일으킴으로써 경제 활동을 활성화시키고 이로써 사회 불안의 원천인 실업자 문제를 해결하겠다는 생각이었다.

사라진 개혁의 꿈

정치가들이 시민대회에서 연설할 때는 시민을 등지고 세나툼(원로원)이나 코미티움(민회)의 원로들을 향해 연설하는 것이 관례였다. 가이우스는 로마 사상 최초로, 세나툼이나 코미티움을 등지고, 시민들을 향해 열변을 토한 사람이다. 플루타르코스는 『영웅 열전』에서 다음과 같이 쓰고 있다.

"……그는 한번 그렇게 한 뒤부터는 계속해서 시민들을 향해 열변을 토했다. 이것은 사실 자세가 조금 달라지고 몸짓을 살짝 바꾼 것에 지나지 않는다. 하지만 그는 이로써 정치가의 상대는 원로나 민회의 의원들이 아니라 대중이라는 것을 보여 줌으로써 귀족 중심 정치를 대중 중심 정치로 바꾸어 놓은 것이니 이 조그만 변화는 실로 혁명적인 것이었다."

귀족 원로들로 구성된 원로원이 가만히 있었을 리 없다. 원로들은 이것을, 원로원이 주도하는 공화정 체제에 대한 심각한 도전으로 받아들였다. 노회한 원로들로 구성된 원로원은 대중에게 인기가 있던 가이우스를 모함하기보다는 가이우스의 호민관 3선을 강력히 저지하는 방법을 택했다.

임기 2년째에 접어든 가이우스는, 스키피오가 멸망시켜 버린 카르타고의 폐허를 찾아갔다. 그 폐허에다 식민 도시 '유노니아(Junonia)'를 건설하고 6000세대의 로마인들을 이주시켜 이곳을 경제 기지로 활용한다는 복안이었다. '유노니아'는 '유노의 도시'라는 뜻, '유노(Juno)'는 그리스의 헤라 여신에 해당하는 로마의 여신이다. 가이우스가 로마를 비운 기간은 70일도 채되지 않았다. 하지만 원로원은 그 기간을 허비하지 않았다. 원로원은 드루수스를 내세웠다.

가이우스가, 로마 시민 중에서 6000세대 정도의 이민단을 만들어 해외로 이주시키자고 제안하자 원로원은 국력의 낭비라면서 정면으로 반기를 들지만 드루수스가 36000세대 정도의 이민단을 보내자고 했을 때는 모두 찬성하는 식이었다. 가이우스가, 빈민 실업자들에게 국유지를 나누어 주고 국가가 소작료를 받자고 했을 때는 인기만 노리는 정책이라면서 반대하고도 드루수스가 소작료까지 면제해 주자고 했을 때는 전폭적으로 찬성하는 식이었다.

기원전 121년, 카르타고 폐허에 식민 도시 유노니아 건설 여부를 놓고 투표가 시작되던 날이었다. 찬성파와 반대파가 카피톨리움 언덕으로 몰려들었다. 로마에서는 중요한 국가 행사 때마다 제물이 된 짐승의 내장으로 점을 치는 풍습이 있었다. 안틸리우스라고 하는 하급 제관이 내장이 담긴 쟁반을 들고 가이우스를 지지하는 사람들 사이를 빠져나가려고 했다. 가이우스

꽃다운 30대 초반에 생을 마감한 그라쿠스 형제는 자영 농민의 재건을 위해 평생을 바친 개혁가들이다.

의 반대파에 속하던 이 안틸리우스가 주먹을 휘두르면서 허튼소리를 했다.

"파당 짓기 좋아하는 자들아, 길 좀 내어라. 정직한 어른들 지나가시게."

안틸리우스는 그 자리에서 살해되었다. 가이우스의 추종자 하나가, 밀랍 서판에 글씨 새길 때 쓰는 송곳으로 찔러 죽인 것이다. 가이우스는 적에게 빌미를 만들어 주었다면서 지지자들을 나무랐다. 하지만 사태는, 안틸리우스의 죽음에 흥분한 반대파에 의해 걷잡을 수 없는 상태로 치달았다. 결국 가이우스는 3000명의 지지자들과 함께 죽음을 당했다.

승승장구를 거듭하던 당시 로마의 혼미는 평민과 귀족 간의 세력 다툼에서 온 혼미, 외부가 안기는 혼미가 아니라 내부에서 기인한 혼미였다. 로마 시민들이 강력한 지도자가 나와 이 혼미에 종지부를 찍어 줄 것을 바란 것도 무리는 아니다. 실제 그로부터 70년 뒤에 그라쿠스 형제의 개혁을 완성한 절대 권력자가 등장하니 그가 바로 율리우스 카이사르다.

가이우스 사후 로마 시민들은 가이우스가 죽은 자리에다 그라쿠스 형제를 기리는 동상을 세우고 해마다 제물을 바쳤다. 코르넬리아는 그 소식을 듣고는, 그 아이들에게 참 잘 어울리는 '무덤'이라고 말했다고 한다. '스키피

18세기 프랑스 화가 장 밥티스트 토피노 르브렁이 그린 「가이우스 그라쿠스의 죽음」.

오의 딸이라기보다는 그라쿠스 형제의 어머니로 기억되고 싶다.'라고 입버릇처럼 말하던 코르넬리아의 묘비에는, 여성의 지위가 상대적으로 낮던 그 시대로는 드물게도 '스키피오 아프리카누스의 딸이자 그라쿠스 형제의 어머니인 코르넬리아의 무덤'이라는 비명(碑銘)이 새겨졌다고 한다.

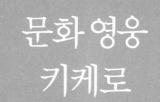

문화 영웅
키케로

달변가 키케로

율리우스 카이사르가, 전투에서 공을 세운 유공자들에 대한 토지 분배법을 원로원에 제출했다. 많은 원로들은 카이사르가 선심으로 유공자들을 사사로이 지원함으로써 세력 확장을 기도한다는 혐의가 짙다면서 맹렬하게 반대했다. 원로원 최연장자 겔리우스는 자기가 "살아 있을 동안에는 절대로 통과시키지 않겠다."라고 공언했다. 웅변가이자 철학자인 키케로가 일어서서 다음과 같은 말로 여섯 살 연하의 카이사르를 지원했다.

"그렇다면, 까짓것, 입법을 연기합시다. 기다리지요, 뭐. 겔리우스가 우리를 오래 기다리게 하지는 않을 것입니다."

고전 라틴어는 키케로에 의해서 비로소 그 틀이 갖추어졌으며 그의 라틴어 문체는 곧 고전 라틴어의 표본으로 간주되고 있다.

독이 든 과자를 먹여 아버지를 독살했다는 혐의로 기소된 청년이 있었다. 재판이 열리기 직전 그 청년은 원고 측 증인으로 나온 키케로에게 소리쳤다.

"당신이 말 잘한다는 건 알고 있소만 오늘 내게 망신을 좀 당할 것이오."

키케로는 나직한 음성으로 응수했다.

"좋도록 하게. 자네 과자를 얻어먹는 것보다는 망신당하는 게 낫겠지."

키케로가 푸블리우스라는 사람을 법정으로 불러 증언을 부탁한 일이 있다. 푸블리우스는 자칭 법률가였지만 사실은 어리석고 법률에 무지한 사람이었다. 키케로가 몇 마디 물었지만 푸블리우스의 답변은 한결같았다.

"잘 모르겠는데요."

그러자 키케로가 점잖게 한마디 했다.

"오해하지 말아요. 나는 지금 법률에 대해서 묻고 있는 것이 아니오."

키케로의 아버지에 대해서는 잘 알려져 있지 않다. 네포스라는 사람이 입씨름을 벌이는 중에 키케로에게 비아냥거리는 어조로 물었다.

"당신 아버지는 대체 어떤 분이라서 당신이 이 모양이오?"

네포스의 어머니는 행실이 좋지 못하다는 소문이 있었다. 키케로가 그것을 염두에 두고 차분하게 대답했다.

"당신 어머니가 당신에게 해야 할 질문이군요. 대단히 어려운 질문이라서 당신도 속수무책일 것입니다."

선거 때마다 텔레비전에 나오는 유세장 풍경, 그중에서도 핏대를 올리는 연사들 풍경은 참 성가시다. 확성기 성능이 좋은데 왜들 그렇게 고래고래 고함을 지르는지. 전할 내용이 시원찮으니까 그럴 것이다. 수사법에 무지한 이 땅의 정치가들에게 키케로가 내리는 처방 한마디가 있다.

"나는 고함지르는 웅변가를 보고 있으면, 말을 타지 않고는 외출하지 못하는 앉은뱅이가 생각난다. 앉은뱅이는 걸을 수 없으니까 말을 탄다. 고함을 지르는 웅변가는 내용이 시원찮으니까 고함을 지르는 것이다."

문학사에 길이 남을 이름

마르쿠스 툴리우스 키케로는 기원전 106년에 태어난 로마의 정치가, 웅변가, 철학자다. 그가 살던 시대인 기원전 70년부터 서기 14년까지의 약 한 세기는 '라틴 문학의 황금시대'로 불린다. 공화정의 붕괴 과정기여서 정치적으로 불안했던 이 시대를 문학사는, 두 산문 대가의 이름을 따서 '키케로와 카이사르 시대'로 기록하고 있다. 공화정 붕괴를 실질적으로 주도했고, 그 부산물이라고 할 수 있는 문학에서까지, 키케로와 더불어 한 시대를 주도한 것을 보면 카이사르는 과연 물건은 물건이었던 모양이다.

'키케로'라는 말은 '들콩'이라는 뜻이다. 놀림감이 되기 알맞은 이름이어

로마의 빌라 마다마에 있는 벽화. 19세기 이탈리아 화가 체사레 마카리가 그린 「카틸리나를 비난하는 키케로」.

서 정계 진출 당시에는 친구들이 이름 바꾸기를 권했는데도 불구하고 키케로는 오불관언이었다. 그가 시칠리아의 재무관으로 일하고 있을 당시 시칠리아에는 관리가 은쟁반을 만들고 이름을 새겨 신전에 바치는 관례가 있었던 모양이다. 키케로는 그 은 쟁반에다 '마르쿠스 툴리우스'까지 쓰고는 들콩깍지 하나를 그렸다니 그 그릇 크기가 어렴풋이나마 헤아려진다.

이탈리아 라치오 주의 도시 포르미아에 있는 키케로의 무덤 유적지.

키케로가 살던 기원전 1세기 무렵은 로마가 그리스에 대한 문화적 콤플렉스에 시달리던 즈음이었다. 로마 문화 종사자들은 대부분 그리스어를 배우고 쓰던 시절이었다. 키케로는 아테나이에서 철학과 수사학을 배웠다.

키케로가 그리스의 로도스 섬에 있을 때의 일이다. 그리스인 스승 아폴로니오스가 키케로에게 대중 앞에서 그리스어로 웅변 한번 해 보지 않겠느냐고 했다. 키케로는 기꺼이 응했다. 웅변 끝난 뒤 다른 사람들은 모두 갈채를 보내는데도 스승은 무슨 생각을 골똘히 하고 있을 뿐, 도무지 반응을 보이지 않았다.

키케로가 전전긍긍하는 눈치를 보이자 스승은 이런 말을 했다.

"다만 감탄하고 칭송할 따름이네. 내가 골똘히 생각하고 있던 것은 그리스의 장래……. 나는 내 조국 그리스를 동정하고 있었다네. 지금까지 우리

고대 로마의 정치가 안토니우스. 시오노 나나미의 「로마인 이야기」에는 키케로가, 카이사르 암살 후 세력을 증강한 안토니우스를 싫어하여 "이럴 바에는 차라리 카이사르가 훨씬 나았다."라고 친구에게 털어놓는 장면이 나온다.

가 자랑하던 것이 무엇인가? 학문과, 수사법의 세례를 받은 웅변이었네. 그대 때문에, 이제 이것마저 로마에 빼앗기고만 셈이네."

　그리스 시인 아르키아스가 로마 시민권을 신청했다가 거절당하자 키케로가 그를 변론한 일이 있다. 그는 그리스에서 시인이 어느 정도로 존경을 받는지 구체적인 예를 들어 가면서 설명하고, 로마도 아르키아스를 존경할 수 있어야 한다고 주장했다.

　키케로는 뒷날 그리스의 논리학이나 물리학의 술어를 깡그리 라틴어로 번역함으로써 로마가 그리스의 체계적인 학문을 계승하는 데 큰 몫을 한 번역가이기도 하다. 그는 웅변으로 몸을 일으켰음에도 웅변가로 불리기보다는 철학자로 불리기를 바랐다. 하지만 그는 2000년이 지난 지금까지도 철학자보다는 탁월한 웅변가, 송곳 끝 같은 독설가로 인구에 회자된다.

　독설가 키케로도 그리스 문화에 대한 논평을 요구받으면 최고의 찬사를 아끼지 않았다. 아리스토텔레스는 '거침없이 흐르는 황금 강물', 플라톤의 언어는 '유피테르 신이 썼을 법한 언어'였다. 그리스의 웅변가 데모스테네스의 연설 중에서 어떤 연설을 가장 좋아하느냐는 질문에는 짧막하게 대답했다.

"제일 긴 것."

클로디우스라는 사람이 위증(僞證), 뇌물 공여, 부녀자 희롱 혐의로 기소되었을 때의 일이다. 법관들이 뇌물을 받고 피의자를 두둔한다는 소문이 돌았다. 시민들이 피의자와 법관들을 폭행하려고 하는 바람에 법정은 이들에게 무수한 경호원을 붙여야 했다. 하지만 그는 무죄 판결을 받았다. 법관 55명 중 과반수인 30명이 뇌물

철저한 공화주의자인 키케로는 안토니우스와 아우구스투스 모두를 비난하다가 살해당한다.

을 먹고 무죄 쪽에 투표했기 때문이다. 무죄 판결을 받은 피고가, 원고 측 증인 키케로를 비웃었다.

"법관들이 당신 말을 믿지 않더군?"

키케로가 응수했다.

"그래도 25명은 나를 믿었어. 유죄 쪽에 투표했으니까. 하지만 무죄 쪽에 투표한 나머지 30명도 당신을 믿었던 건 아니야. 왜? 당신 주머니에서 나온 돈을 받을 때까지는 당신을 가둬 두고 있었으니까."

비참한 최후

키케로는 카이사르와 사이가 별로 좋지 않았다. 기원전 48년 카이사르는 군사를 몰고 루비콘 강을 건너 로마로 회군한 직후 키케로에게 협조를 요청한 적이 있다. 키케로는 친구에게 보낸 편지에서 "카이사르를 수행하던 측근들은 지옥에서 기어 나온 저승사자들만큼이나 사나운 무리"라고 썼다.

카이사르의 정적 안토니우스에게는 더 가혹했다. 아테나이 웅변가 데모스테네스는 '필리피코스(필리포스를 공격함)'라는 일련의 연설로 유명하다. 알렉산드로스 대왕의 아버지 필리포스를 세 치 혀로 쪼아 댄 것이다. 키케로가 안토니우스를 공격한 글의 제목도 '필리피코스'였다. 키케로는 결국 안토니우스가 보낸 자객 손에 목을 잘리고, '필리피코스'를 쓴 오른손을 잘렸다.

카이사르의 뒤를 이어 로마의 실질적 황제가 된 아우구스투스가 외손자를 만나러 갔다. 키케로의 책을 읽고 있던 외손자는 아우구스투스가 오자 재빨리 책을 감추려고 했다. 아우구스투스는 그 책 『의무에 대하여』를 빼앗아 한동안 읽다가 되돌려 주면서 이렇게 중얼거렸다고 한다.

"대단한 학자, 대단한 애국자이셨다."

그리스 문화는 키케로 이후 로마로, 기울기가 가파른 중심 이동을 보인다.

고대 로마의 초대 황제 아우구스투스. 19세기 로마 프리마 포르타에서 발견된 아우구스투스의 입상. 바티칸 키아라몬티 박물관 소장.

루비콘 강을 건넌 카이사르

영원히 숨 쉬는 로마 제국

미국은 50개의 주로 이루어져 있고 각 주에는 '모토(표어)'가 있다. 미국이니까 각 주의 표어는 당연히 영어로 되어 있을 것 같지만, 아니다. 라틴어로 되어 있다. 필자가 머물고 있는 미시건 주 표어는 '시 콰이리스 페닌술람 아모이남, 키르쿰스피체', 즉 '경치 좋은 반도를 구경하고 싶으면 당신의 주위를 둘러보면 된다.'라는 뜻이다. 미시건은 두 개의 반도로 이루어진 주다. 필자는 이 표어 대할 때마다 아름다운 우리의 한반도를 생각했다.

1달러짜리 지폐에도 라틴어가 찍혀 있다. 먼저 눈에 띄는 문장은 '안누이트 코엡티스(ANNUIT COEPTIS)', 즉 '신은 우리가 하는 일에 미소를 보낸

1달러짜리 지폐의 왼쪽에 라틴어 문장이 적혀 있다.

다.'라는 뜻이다. 로마 시대의 시인 베르길리우스의 「농경시」에 나오는 말이다. 그 밑에 '노부스 오르도 세쿨로룸(NOVUS ORDO SECULORUM)'이라는 문장이 찍혀 있다. '새로운 세계의 질서'라는 뜻이다.

도대체 로마 제국이 어떤 나라였기에 1600년 전에 실질적으로 소멸한 나라의 상용어가 지금까지도 쓰이고 있는가? 카이사르를 말하자면 로마 제국을 먼저 말해야 한다. 로마 제국을 말하자면 위와 같은 질문부터 제기하지 않으면 안 된다. 카이사르가 창칼로써 유럽을 누비고 있을 당시의 영국은 '브리타니아', 프랑스는 '갈리아', 독일은 '게르마니아'였다. 카이사르는 이들 나라를 정복하는 데 그치지 않고 로마 문화의 씨를 뿌렸다. 이 세 나라가 영원할 수 있다면 이들 문화 속에서 면면히 숨 쉬고 있는 로마 제국은 영원할 것이다. 우리는 로마 제국의 잔재에서 문화의 힘을 읽어 내야 한다.

카이사르의 이름은 의학용어에까지 남아 있다. '제왕 절개 수술(Caesarian section)'을 뜻하는 영어 단어를 가만히 들여다보면 '카이사르'가 들어 있다. 어머니가 카이사르를 순산하지 못하고 절개 수술의 도움을 받

영어 단어 시저(Caesar)는 독일어의 카이저(Kaiser), 러시아어의 차르(Czar)로 모두 황제를 뜻한다. 카이사르라는 이름이 각국에서 다르게 발음되며 모두 황제를 가리키지만, 실제로 가이우스 율리우스 카이사르는 황제가 되지 못했다.

아서 낳았다는 옛이야기에서 유래한다. 그러나 카이사르는 '제왕(帝王)'은 끝내 되지 못했다.

30~40년 전만 해도 우리나라 사람들은 그를 '줄리어스 시저(Julius Caesar)'라고 불렀다. 영어를 통해 로마 제국의 문화를 접했기 때문이다. 그 즈음에는 '가이사의 것은 가이사에게'라는 성경 구절을 읽고 이 가이사를 시저와 동일시하는 사람이 많지 않았다. 유럽에서 로마 제국의 문화를 직수입하면서부터 '시저'는 '카이사르'로 불리게 된다. '카이사르(CÆSAR)'의 이름 속에 든 합문(合文) 'Æ' 때문에 생긴 혼란이다.

문필에 능한 정치가

필자는 키케로 이야기에서, 기원전 70년부터 서기 14년까지의 약 한 세기는 '라틴 문학의 황금시대'로 불리는데, 문학사는 이 시대를 두고 '키케로와 카이사르 시대'로 기록하고 있다고 썼다. 키케로와 카이사르는 산문에 능했다는 공통점이 있다. 하지만 그 문체는 사뭇 다르다. 키케로의 문장은 화려하고 곡진하다. 하지만 문인이라기보다는 군인에 더 가까웠던 카이사르의 문장은 간결하고 직선적이다. 1세기의 그리스 작가 플루타르코스가 전하는 그의 말 또한 간결하고 직선적이다.

카이사르는 원래 동물적인 정치 감각의 소유자였다. 그는 아폴로니우스라는 사람으로부터 웅변과 변론술을 배웠다. 아폴로니우스는, 한때 키케로를 가르친 적도 있는, 당시 그 방면의 실력자였다. 야심가 카이사르는 훌륭한 웅변가이기도 했지만 키케로를 뛰어넘지 못하자 제1의 웅변가가 되는 것은 포기했다. 그는 제1의 정치가, 군인이고자 했다.

카이사르의 성장

기원전 1세기 당시 로마의 실력자 술라는 카이사르를 지독하게 미워했다. 카이사르가 술라의 반대파를 지휘하던 마리우스의 조카였기 때문이다. 술라는 방해 공작을 통해, 겨우 스무 살이 된 카이사르의 정계 진출을 적극적으로 저지했을 뿐만 아니라 암살까지 기도했다. 사람들은 어째서 그 따위 풋내기를 죽이기까지 하려 하느냐고 술라를 힐난했다. 술라가 대답했다.

"저 애송이 속에 교활한 마리우스가 몇 마리 들어 있는데도 자네들 눈에는 보이지 않는가?"

카이사르는 술라의 박해를 피해 비튀니아로 가서 한동안 거기에서 머물렀다. 마리우스가 정적 술라를 누르고 실력자로 떠오르고 있다는 소문이 비튀니아에까지 전해졌다. 그는 서둘러 귀국길에 올랐지만 파르마쿠사

가이우스 마리우스는 평민 출신의 정치가로 집정관을 무려 7차례나 지냈다.

섬 부근에서, 시종과 함께 당시 해상을 주름잡던 킬리키아 해적에게 붙잡히고 말았다. 해적이 20탈란톤의 몸값을 요구한다고 하자 그가 해적 두목에게 말했다.

"당신, 내가 누군 줄 모르는 모양인데, 50탈란톤으로 해요."

카이사르는 잔인하기로 유명한 킬리키아 해적의 포로가 되어 38일 동안 이나 감금당하는 신세가 되었지만 해적의 권위는 결코 인정하지 않았다. 그는 그들을 노골적으로 무시하기까지 했다. 해적들이 시끄럽게 굴면, 낮잠을 좀 자야겠으니까 조용히 하라고 명령하기까지 했다. 그는 해적을 상대로 시를 읊거나 연설을 들려주기도 했는데 연설을 듣고도 박수에 인색한 해적들에게는 장차 나무에다 못 박아 버리겠다고 위협하고는 했다. 해적들은 이위협을 한 철없는 청년의 농담쯤으로 받아들였지만 로마로부터 몸값이 오고, 이로써 감금에서 풀려난 그는 군대를 모아 해적을 소탕, 나무에 못 박아 죽여 버렸다.

로마로 돌아온 카이사르는 대중의 인지도를 넓혀갔다. 그는 나이에 어울리지 않게 사람들에게 나긋나긋했다. 인사할 때는 공손했고, 담소할 때는 시종 화기애애하게 분위기를 끌어 나갈 줄 알았다. 가끔씩은 잔치를 베풀

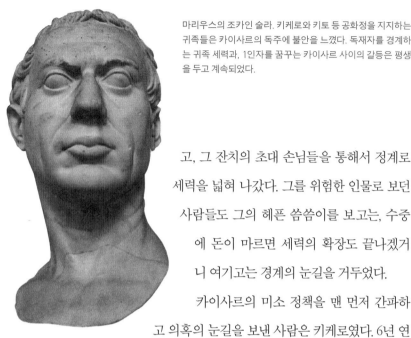

마리우스의 조카인 술라. 키케로와 키토 등 공화정을 지지하는 귀족들은 카이사르의 독주에 불안을 느꼈다. 독재자를 경계하는 귀족 세력과, 1인자를 꿈꾸는 카이사르 사이의 갈등은 평생을 두고 계속되었다.

고, 그 잔치의 초대 손님들을 통해서 정계로 세력을 넓혀 나갔다. 그를 위험한 인물로 보던 사람들도 그의 헤픈 씀씀이를 보고는, 수중에 돈이 마르면 세력의 확장도 끝나겠거니 여기고는 경계의 눈길을 거두었다.

카이사르의 미소 정책을 맨 먼저 간파하고 의혹의 눈길을 보낸 사람은 키케로였다. 6년 연상인 키케로는 카이사르에 대해 이런 말을 하고는 했다.

"저 친구, 머리를 저렇게 단정하게 빗고, 한 손가락으로 늘 그걸 깔끔하게 건사하고 있는 것을 보면, 로마의 국정을 뒤집어엎으려는 인간으로는 도저히 믿어지지 않는다."

카이사르가 극장, 경기장, 수도 도로 등의 공공 시설물의 건축, 유지 및 보수를 담당하는 조영관(造營官)으로 있을 때의 일이다. 당시 로마에는 두 당파, 즉 술라 파와 마리우스 파가 두드러지게 활약하고 있었지만, 카이사르가 조영관이 되었을 당시 마리우스 파는 날개 꺾인 독수리였다. 그런데 밤사이 누군가가 카피톨리움 언덕에, 마리우스의 초상이 새겨진 승리의 여신 니케 상(像)을 세운 사건이 발생했다. 사람들은 카이사르가, 정치적 도움닫기의 하나로, 날개 꺾인 마리우스를 부활시키고 있다는 것을 믿어 의심하지 않았다. 아닌 게 아니라, 세력이 꺾여 있던 마리우스 파 사람들이 카피톨리움으로 모여들어 되살아난 마리우스를 환호했다. 이 사건 때문에 원로원이 소집되었다. 당시 로마인들 사이에 명성이 자자하던 카툴루스 루타티우스가 카이사르를 탄핵했다. 그의 웅변은 짧으면서도 칼날같이 날카로웠다.

"지하공작이나 하던 카이사르가 이제는 파성추(破城錐)로 로마의 성벽을 뚫으려 하는구나."

대사제(大司祭) 메텔루스가 세상을 떠나면서 그 자리가 비자 카툴루스와 이사우리쿠스가 입후보했다. 젊은 카이사르도 입후보했다. 카이사르는, 나이로 보나 명망으로 보나 카툴루스의 상대가 될 수 없었다. 카이사르가 빚쟁이라는 것을 잘 알고 있던 카툴루스는 사람을 보내어, 빚을 갚아 줄 테니 후보를 사퇴할 것을 종용했다. 카이사르는 단호하게 거절했다.

선거 당일 카이사르는, 눈물을 글썽이며 문간에서 아들을 격려하던 어머니를 껴안고 울먹였다.

"저는 오늘 대사제가 되거나 망명자가 되거나 둘 중의 하나가 될 것입니다."

그는 망명자가 되는 대신 대사제가 되었다. 카툴루스의 예언은 적중했다. 그는 카이사르의 파성추에 제일 먼저 치명상을 입은 로마의 정치가였다.

주사위는 던져졌다

카이사르가 지금의 군사령관과 비슷한 법무관 자리에 있을 때의 일이다. 클로디우스라는 자가 카이사르의 아내 폼페이아를 은근히 사모하고 있었

다. 폼페이아도 은근히 클로디우스를 사모하던 처지여서, 카이사르의 어머니 아우렐리아는 며느리를 밀착 감시하지 않으면 안 되었다.

당시의 로마인들은 '보나 데이'라는 이름의, 풍요의 여신을 섬기고 있었다. '보나 데이'는, 허리 위로는 사람이고 허리 아래로는 양 혹은 염소인 반수반인(半獸半人) 파우누스(그리스어로는 '판')의 아내였던 것으로 전해진다. 보나 데이 제사에 남성은 절대로 참가할 수 없었다. 카이사르의 아내 폼페이아가 이 제사를 주관하고 있을 때의 일이다. 클로디우스가 여장을 하고 이 제사에 참례했다가 목소리 때문에 들통 나고 말았다. 클로디우스를 풍요의 신을 모독한 중죄인으로 다스려야 한다는

율리우스 카이사르의 석상. 파리 루브르 박물관 소장.

죽어 가는 갈리아인. 기원전 220년경 작품의 대리석 복제품. 로마 카피톨리니 미술관 소장.

아내와 동반 자살하는 갈리아인. 기원전 3세기경 작품. 로마국립미술관 소장.

여론이 비등했다.

카이사르는 폼페이아와 이혼했다. 클로디우스 재판에 카이사르가 증인으로 소환되었다. 하지만 카이사르는, 클로디우스에게 불리한 증언을 하기는커녕 일체 모르는 일이라고 잡아뗐있다. 법정이 카이사르에게 물었다.

"그 진술은 모순되지 않습니까? 모르는 일이라면, 폼페이아와 이혼한 까닭은 무엇입니까?"

카이사르가 대답했다.

"카이사르의 아내는 혐의의 대상조차 되어서는 안 되기 때문입니다."

카이사르는 약관 30세에 히스파니아 총독이 되었다. 부임하는 길에 카이사르 일행은 알프스 너머에 있는 황량한 야만인의 마을을 지났다. 한 부관이 웃으면서 총독에게 이런 말을 했다.

"이런 데서도, 제1인자가 되려고 서로 아옹다옹하는 일이 있을까요?"

카이사르는 이렇게 응수했다.

"로마에서 2인자가 되느니 차라리 여기에서 1인자가 되고 싶다."

어느 날 카이사르는 알렉산드로스의 전기를 읽다 말고 눈물을 흘렸다. 부하들이 우는 까닭을 묻자 그가 대답했다.

"알렉산드로스는 내 나이에 무수한 나라를 정복했다. 내 꼴을 보아라. 슬픈 일이 아니냐?"

카이사르는 통짜만 컸던 것이 아니다. 그는 두 손으로 뒷짐을 지고도 전속력으로 말을 달릴 수 있었을 뿐만 아니라 그렇게 달리면서도 시종에게 편지를 구술할 수 있었다. 원정 중에는 속기사 둘을 데리고 다니며 자기가 한 말을 한 마디도 빼지 말고 받아 적게 했다. 『갈리아 전기』는 그런 받아쓰기의 산물이다.

카이사르는 집정관을 역임한 후 로마의 속주였던 갈리아 지역의 총독이 되어 이 지역 전체를 정복해 나간다. 카이사르의 갈리아 정복은 7년이라는 짧은 기간 안에 이루어졌다. 19세기 프랑스 화가 리오넬 노엘 로아예가 그린 카이사르 앞에 항복하러 온 갈리아의 족장 베르킨게토릭스의 모습.

 그는 말을 길게 하는 일이 없었다. 결과를 예측할 수 없는 일을 결행할 때마다 그는 짤막하게 외치고는 했다.

 "주사위는 던져졌다!"

 지금의 프랑스 이름인 갈리아의 지역 사령관 임기가 거의 끝나 갈 무렵, 카이사르는 원로원에 귀국 의사를 내비쳤다. 그러나 원로원은 그의 귀국을 승인하지 않았다. 그의 야심과 그 야심을 성취시킬 수 있는 탁월한 추진력을 익히 아는 원로원으로서는 그의 귀국을 방치할 수 없었다. 승인도 얻지 못한 채 그는 군대를 이끌고 로마로 귀국하지 않으면 안 되었다. 군대가 갈리아와 로마의 접경을 흐르는 루비콘 강의 북쪽 언덕에 이르렀을 때, 원로원은 비로소 무장 해제를 전제 조건으로 귀국을 허락했다. 무장을 해제하지 않고 루비콘 강을 건넌다는 것은 국가에 대한 반역이었다. 그러나 군대 없이 그가 로마에서 살아남을 방법은 없었다. 무장한 채로 루비콘 강을 건넌 뒤 그가 남긴 말이 있다.

"루비콘 강을 건넜다. 이제 주사위는 던져졌다!"

카이사르가 갈리아에서 돌아와 폼페이우스와의 내전에 휩쓸렸을 때의 일이다. 아플로니아에 도달한 카이사르의 수중에는 병력이 없었다. 그는 장화 뒤축에 해당하는 이탈리아 반도의 남부 도시 브룬디시움으로 가야했지만 폼페이우스 군의 봉쇄를 뚫어 낼 수 없었다. 한밤중에 그는 허름한 차림으로 변장하고 열두 명이 노를 젓는 작은 배에 올랐다. 하지만 강풍과, 강 하구에서 이는 소용돌이 꼴 파도 때문에 배가 나아가지 못했다. 그러자 카이사르가 자기 정체를 밝힌 다음 선장의 손을 잡고 소리쳤다.

"용기를 내어라. 그대는 카이사르를 태우고 있다. 카이사르를 지키는 운명의 여신도 이 배에 타고 있는 것이다."

폼페이우스 사후의 일이다. 카이사르는 숙적 폼페이우스의 초상화가 쓰러진 것을 보고는, 그냥 지나치지 않고 걸음을 멈추고는 그걸 바로 세웠다. 이것을 보고 키케로가 한 말이 있다.

"카이사르를 보라. 폼페이우스의 초상화를 다시 세움으로써 카이사르는 저 자신을 세운다."

15세기 이탈리아 화가 안드레아 만테냐가 그린 「카이사르의 개선 행진」.

스러진 황제의 꿈

종신 집정관이 된 카이사르에게 큰 병이 하나 있었다면 그것은 왕위에 대한 열망이었다. '왕이 없는 나라'는 로마인들이 오래 지녀 온 전통이고, 오래 지켜 온 약속이었다. 카이사르가 알바의 언덕에서 로마로 내려오면 사람들은 '로마의 왕'을 연호했다. 카이사르는 짤막하게 말했다.

"내 이름은 왕이 아니라 카이사르올시다."

하지만 '카이사르'는 곧 '황제'의 대명사가 되었다. 그리스도가 그러지 않았던가? 가이사(카이사르)의 것은 가이사(카이사르)에게 돌아가야 한다고. 그것은 로마 황제의 것은 로마 황제에게로 되돌려야 한다는 뜻이었다.

카이사르가 이집트에 머물면서 소아시아 연합군을 격파했을 때 부하들이 그에게, 원로원에는 어떻게 보고하면 좋겠느냐고 물었다. 이때 그가 한 대답은 오늘날까지 확대 재생산을 거듭한다.

"이렇게만 써라. '왔노라, 보았노라, 이겼노라.(veni, vidi, vici)'"

이 간결한 표현은 오늘날 우리나라 대학 입학 시험장의 현수막에도 오래 전부터 무단 전재되고 있다. 'V'를 두문자로 하는 단어 셋을 나열하는 표현법은 사도 요한에게까지 영향을 미친다. 사도 요한은 그리스도를 이렇게 정의한다.

"길이요, 진리요, 생명.(veni, vidi, vici)"

기원전 43년 3월 14일, 어떤 죽음이 가장 바람직한 죽음이냐는 질문에 그는 대답했다.

"졸지에 맞는 죽음."

한 점술가는 카이사르에게, 3월 15일이 액일(厄日)인즉 조심하라고 한 적

카이사르는 원로원 회의장으로 들어가는 길에, 일인 독재를 저지하려는 귀족들이 휘두른 칼에 맞고 숨졌다. 얄궂게도 그는 숙적 폼페이우스 동상 앞에 쓰러졌다. 18세기 이탈리아 화가 빈센초 카무치니의 「카이사르의 죽음」. 나폴리 카포디몬테 미술관 소장.

이 있다. 카이사르가 바로 3월 15일 아침 원로원으로 들어가던 길에 그 점술가를 만났다. 그가 점술가에게 농담을 던졌다.

"여보게, 드디어 3월 15일이 왔네."

그러자 점술가가 대답했다.

"왔습니다만, 아직 간 것은 아닙니다."

졸지에 믿었던 브루투스의 칼에 찔리는 순간, 믿었던 도끼에 발등을 찍히는 순간의 비통한 심사도 그는 지극히 간명한 언어로 표명했다.

"브루투스, 너까지도."

나오는 말

1999년 1월과 2월에 걸쳐 신화의 땅, 영웅의 땅 그리스를 다녀왔다. 다녀오면, 신화의 땅과 영웅의 땅에 대한 갈증이 어느 정도 가실 줄 알았다. 하지만 그것은 착각이었다. 그것은 '갈증을 해소하는 여행'이 아니라 '감질나게 하는(tantalizing)', 탄탈로스의 물 마시기에 지나지 않았다.

나는 그리스와 로마의 신화와 영웅 이야기를 다시 번역하고 다시 쓰려고 한다. 기원전 9세기에 쓰인 『일리아스』, 『오뒷세이아』를 비롯해, 기원전 1세기의 『아이네이아스 이야기』, 첫 밀레니엄의 새벽에 쓰인 『플루타르코스 영웅 열전』까지 아우르는 방대한 책들을 이 세 번째 밀레니엄에 다시 번역하고 다시 쓰려고 한다. 서양의 역사학자나 신화학자도 아닌 한국의 문학도, 신화학도로서 '그리스 신화'를, '그리스인 이야기'를 다시 쓰려고 한다.

서기 2000년을 세 번째 밀레니엄의 아침이라고들 생각하는 모양인데 나는 그렇게 생각하지 않는다. 서기 2000년은 두 번째 밀레니엄의 황혼이다. 나는 그 황혼에 묻어, 사람이 지치면 고향 땅을 찾듯이 첫 번째 밀레니엄, 두 번째 밀레니엄의 문화가 곤고해질 때마다 되돌아가 보고는 하던 그 헬레니즘 문화를 다시 찾아가 보고자 한다. 다시 찾아가, 세 번째 밀레니엄이 장차 어떤 모습으로 펼쳐질 것인지, 이 '오래된 미래' 앞에서 긴 생각에 잠겨 보고자 한다.

이 책은, 독자에게나 나 자신에게나 긴 이야기로 들어가기 위한 준비 운동에 해당한다.

1999년 7월, 미국 미시간 주립대학교
스파르타인들의 마을에서

1999년 7월 중순에서 10월 중순까지 헬레니즘의 흔적을 답사하고 돌아왔다. 그리스에서 이탈리아로, 이탈리아에서 프랑스로, 프랑스에서 영국으로 다니면서 헬레니즘의 그늘을 좇아 보았다. 그 동안 이 책의 출간을 미룬 것은, 다녀와서 다시 교열할 필요를 느꼈기 때문이다. 1999년 7월에 교열해서 넘긴 원고를 2000년 6월에 다시 교열하고 사진 자료를 보태어, '읽는 책'이 아닌 '보는 책'을 만들고자 했다. 나는 '보는 책'을 만드는 희망에 부풀어 있다.

2000년 6월, 과천 과인재(過人齊)에서

2001년 2월 초부터 약 두 주일 동안 터키와 그리스와 이집트를 여행하고 돌아왔다.

이윤기의 '나오는 말'은 여기서 끝난다. 이제 나는 나의 아버지 이윤기가 끝맺지 못한 말을 완성해야 한다.

아버지가 《조선일보》에 '플루타크 영웅 열전'을, 그리고 《세계일보》에 '세계사 인물 기행'을 연재할 무렵 나는 고등학생이었다. 동아리 친구들과 어울려 다니느라 너무 바빴기 때문인지 야간 자율 학습에 지쳤기 때문인지 기억은 나지 않지만 신문에 실린 아버지의 글은 항상 며칠이 지난 뒤에야, 기사를 오려 놓은 어머니의 재촉으로 읽게 되곤 했다. 넓은 지면을 차지했던 아버지의 영웅 이야기는 읽기 시작할 때의 우려와는 달리 재미있게 술술 읽혔던 것 같다.

몇 년 전부터는 이 두 연재물이 단행본으로 나오게 될 것이라는 말을 들었다. 어느덧 나는 서른이 넘어 있었고 아기자기한 결혼 생활에 정신이 팔려 있었기 때문인지 다양한 일과 공부를 건드려 보며 시행착오를 겪고 있었기 때문인지, 아버지의 권유로 『플루타르코스 영웅전』의 번역을 맡으면서도 단행본이 언제 출간되는지 자꾸 미루어지는 이유는 무엇인지 물어 볼 생각을 하지 못했다.

그러다 지난여름의 끝, 물어볼 수조차 없게 되었다.

가을이 겨울로 바뀔 때까지도 나는 망연자실, 묻지 못한 질문들만을 되뇌고 있었다. 그러나 아버지가 맺어 놓고 떠나간 약속들을 대신 지키지 않을 수 없어 아버지의 컴퓨터 앞에 앉아 유고를 정리하기 시작했다. 그리고 이 책의 원고가 '최근 작업 중'인 파일 가운데 위치한 것을 발견했다. 나는 원고를 읽고 나서야 '나오는 말'의 초안이 이미 1999년에 7월에 처음 작성되었다는 것은 알게 되었다. 그리고 2000년에 다시 한번 교열을 거치며 원고에 사진이 삽입되었다는 것도 알게 되었다. 그러나 원고가 '최근 작업 중'인 파일 가운데 있는 것으로 보아 아버지는 처음 단행본 출간을 마음먹은 지 10년이 넘는 세월이 흐른 뒤에도 출간을 포기한 것은 아니었던 모양이다. 그래서 과연 그토록 긴 시간을 기다린 이유가 궁금했다.

추측하건대 아마도 1999년부터 2001년 사이 아버지가 그리스와 터키, 로마를 이 잡듯 뒤지고 온 것과 관련이 있을 것이다. 이 여행을 마치고 아버지가 크게 두 가지 생각을 가졌다고 감히 넘겨짚어 본다. 먼저, 미완성의 '나오는 말'에 언급된 대로 아버지는 "보는 책"을 만들어야겠다고 결심했다. 젊은 시절 오로지 글만을 통해 고대 그리스 로마 문화를 접해 온 아버지가 처음으로 그 지역을 답사하면서 느꼈을 황홀한 개안의 체험을 조금이나마 독자들에게 전달하는 방법은, 부족하나마 시각적 보조 자료를 이용해서라도 낯선 세계에 대한 상상력의 폭을 넓히는 일이었을 터. 시각 자료와 일종의 '요점 정리'를 통해 독자들이 플루타르코스 영웅전을 비롯한 여러 귀중한 고전의 가치를 알아볼 수 있도록 돕는 것이 이 책의 목적이었을 것이다. 따라서 책의 출간은 자료를 확보하는 동안 잠시 뒤로 미루어진 것이다.

나아가 여행을 마친 아버지는 역사적 인물, 실재했던 그리스 로마 영웅들의 "본색"을 다루기 전에 그들의 문화와 이야기의 기반이 되는 그리스 로마 신화를 먼저 파헤쳐야 한다고 생각했던 것 같다. 그래서 신화 이야기를 담은 "보는 책"을 먼저 집필하기 시작했는데 여기에 생각보다 꽤 많은 세월이 들어갔고 그러는 동안 이 『이윤기의 그리스 로마 영웅 열전』은 자꾸만 뒤로 미루어진 듯하다.

그러고 보니 서두르는 법이 없었던 아버지였다. 비가 와도 처마를 찾아 뛰지 않았던 분이다. 게다가 이 책에 등장하는 이야기들은 적어도 2000년 전 인물들에 대한 것이다. 10년 쯤 기다린다고 퇴물이 되어 버릴 이야기들이 아닌 것이다.

'들어가는 말'에서도 이야기했듯 이 책은 "다양한 경로로 우리의 언어에 삼투해 들어와 있는 서양 문화의 무수한 표현법과 수사법을 조명하고 여기에다 피를 통하게 하고 싶다는 희망"에서 나왔다. 그래서 이 책이 여행하는 시공간에서는 오늘날 서양 문화의 단골이 된 '유행어'들이 살아 날뛴다. 이 책을 읽었다면 이제 독자들의 앞에 놓인 일은 새로운 눈으로 우리 문화와 우리의 역사 속 인물들, 우리 시대의 인물들을 바라보는 것일 터이다. 딸이기에 앞서 독자로서 아쉬운 것이 있다면 이윤기와 함께 하는 여행이 여기서 끝난다는 사실이다.

버릇처럼 말했듯 아버지는 "서양 문화의 초석을 이루는 그리스 중심의 헬레니즘"을 다루고 나면 "이스라엘 중심의 헤브라이즘"을 다룰 계획이었다. 실제로 이 책에서 다루어지는 그리스 로마 영웅들이 살던 시대는 헬레니즘의 신화시대에서, 헤브라이즘의 가장 중요한 사건, 즉 그리스도의 탄생이라는 일대의 사건으로 넘어가는 시기에 자리 잡고 있다. 그러니까 아버지에게는 이 영웅들의 이야기를 하는 것이 헬레니즘에서 헤브라이즘으로 가는 아버지 개인의 여정을 이어 주는 다리 같은 것이었다. 실제로 아버지는 "보는 책"에서 헤브라이즘을 다루고자 하는 계획 또한 구체적으로 실행에 옮기는 중이었다. 아버지는 한마디로 할 일이 태산 같았다.

그러나 이제 『이윤기의 그리스 로마 영웅 열전』은 이윤기의 이름을 달고 새로 출간되는 마지막 책 가운데 하나가 될 것이다. 헤브라이즘으로 가야 하는 길동무들을 두고 어디로 가 버렸는지 아버지에게 따져 묻고 싶다. 원대한 계획을 짤 것이었으면 어떻게든 지키고 말아야 하는 것이 아닌지 묻고 싶다. 이제 나는 자꾸만 대답 없는 물음을 묻고 대답 없는 이름을 부른다.

비록 헤브라이즘까지 미치지 못했지만, 『이윤기의 그리스 로마 영웅 열전』은 헬레니즘 문화를 꿰뚫는 이윤기의 여정이 도달한 종착지로서는 꽤나 적절한 것 같다. 독자 여러분은 아쉬움은 잠시 접어 두고 어깨를 무겁게 내리눌렀던 짐을 풀고 다리를 주무르며 차분히 다음 여정을 계획해 보면 좋겠다. 그동안 나는 독자이기에 앞서 딸로서, 아버지의 여행에 길동무가 되어 준 독자 여러분께 진심을 담아 감사 인사를 드린다.

2011년 1월

이다희

이윤기의
그리스 로마 영웅 열전 2

1판 1쇄 찍음 2011년 1월 7일
1판 1쇄 펴냄 2011년 1월 14일

지은이   이윤기
발행인   박근섭, 박상준
편집인   장은수
펴낸곳   (주) 민음사

출판등록   1966. 5. 19. (제16-490호)
주소   서울시 강남구 신사동 506 강남출판문화센터 5층 (135-887)
대표전화   515-2000 • 팩시밀리 515-2007
홈페이지   www.minumsa.com

ISBN 978-89-374-8333-2 03890